フランク・オハラ

フランク・オハラ

——冷戦初期の詩人の芸術

飯野友幸

水声社

目次

【凡例】

オハラのテクストからの引用は以下の版に拠り、括弧内に以下の省略形で示してある。

CP: *Collected Poems of Frank O'Hara*. Edited by Donald Allen. U of California P, 1995.

EW: *Early Writing*. Edited by Donald Allen. Grey Fox Press, 1977.

JP: *Jackson Pollock*. George Brazier, 1959.

SS: *Standing Still and Walking in New York*. Edited by Donald Allen. Grey Fox Press, 1975.

序

第二次世界大戦が終結して十年が過ぎた一九五〇年代半ば、ゆるやかに終焉へと向かうモダニズムの詩に取って代わるように若い、主に一九二〇年代後半生まれの詩人たちが次々に出現し、新しい詩風を打ち出しはじめた。そのなかで、ニューヨーク派、ブラック・マウンテン派、そしてビート派、といった諸派の存在が目立ったことは特筆に値する。モダニズムの詩学のさまざまな面は、同世代の批評家・詩人たち、そして彼らから強い影響を受けた次の世代へと受け継がれる過程で、実験的な牙が鈍り、あるいはその保守性が露わになっていた。だが、覇権と呼びうるほどの伝統ができあがっていたため、それに反抗し、あるいはそこから脱皮するには徒党を組む必要があったかのようだった（これらの詩人たちはドナルド・アレンの編集になる『新しいアメリカ詩、一九四五—一九六〇（*New American Poetry, 1945-1960*）』（一九六〇）というアンソロジーにまとめて紹介され、公式デビューとなった)。

そもそも、モダニズムの革新的な詩は、二十世紀初頭、詩人たちがスタイルの上で行き詰まり、また小説という後進のジャンルにも圧倒されて、新機軸を打ち出す必要にせまられて生まれたと言えなくもない。「詩も散文のようにうまく書かなければならない」(Pound 141)、というエズラ・パウンドの発言などは自虐的なだけでなくスキャンダラスでさえあるものの、その焦燥感は痛々しく響く。だがもちろん詩人たちが(続けてパウンドが言ったように)「モーパッサンの最良の散文のようにシンプルに」(Pound 141)書きはじめたわけではなく、むしろ多くは詩を限界まで押し進め、詩にまつわる固定観念を破壊し、詩という枠さえ葬りさる決意をした。

やがて、そんな傾向も、欧米全体に広がっていた実験的前衛性との連動もあってモダニズムが花開くとともに常態化し、たとえば「異化」などという理論武装も着々と身にまとい……「あとは歴史」、となる。そして、すでに述べた自壊作用に似た面も一部で目につきはじめ、たとえば韻律を使う詩風さえも戻ってきたものの、すでに革新とは二十世紀の別名ともなっていて、二十世紀半ばに新たな波がまた寄せてきたかのようだった。

だが、もちろんモダニズムの「新しさ」とは異なる意匠ではあった——T・S・エリオットのように断片の集積でもなければ、E・E・カミングズのように言語のアクロバットでもない。むしろ、一見詩らしい形を保ちつつ、内側からラディカルに壊されているものもあった。

あるいは、モダニズムの革新にさらなる強度を加えたものもある。本書で読み解くニューヨーク派詩人（New York School of Poets）のひとり、フランク・オハラ（Frank O'Hara 一九二六―一九六六）の詩は、ウィアム・カーロス・ウィリアムズの非詩的なまでの口語性と即物性を突き詰め、とても詩とは思えない極点まで達した。何といっても、疑似詩論「パーソニズム」（"Personism"）のなかでは「詩を書くかわりに電話を使ってもかまわない」（CP 499）とまでうそぶいて、もはや詩へのこだわりさえないことを表明している。

百聞は一見にしかず。一九六〇年代初頭に書かれたオハラの作品、そっけなく「詩」（"Poem"）と題された一編にはこの詩人の特異なスタイルが凝縮されている――

Lana Turner has collapsed!
I was trotting along and suddenly
it started raining and snowing
and you said it was hailing
but hailing hits you on the head
hard so it was really snowing and
raining and I was in such a hurry
to meet you but the traffic
was acting exactly like the sky

and suddenly I see a headline
LANA TURNER HAS COLLAPSED!
there is no snow in Hollywood
there is no rain in California
I have been to lots of parties
and acted perfectly disgraceful
but I never actually collapsed
oh Lana Turner we love you get up

（CP 449）

ラナ・ターナー倒れる！
ぼくが速足で歩いていると突然
雨が降りはじめて雪になって
それは雹なんだと君は言うけれど
雹とは頭を強く打つもの
だから本当は雪だし
雨であってぼくは君に会うために
とても急いだけれど交通の

流れも空そのもののようで
突然ぼくは見出しを見る
ラナ・ターナー倒れる！
ハリウッドには雪は降らない
カリフォルニアには雨は降らない
ぼくはさんざんパーティには出たし
完璧に恥ずかしいこともした
けれども実際倒れたことはない
おおラナ・ターナーぼくらは愛してる立ち上がれ

ハリウッド全盛時代のスターに関するゴシップから始まる。ショービジネスの世界を詩にもち込むことはそれまであまりなかった。高踏文化としてのハイ・カルチャー（文学、クラシック音楽、絵画）は、大衆文化としてのロー・カルチャー（映画、ポピュラー音楽、漫画）とは一線を画すべきと思われていたからだが、オハラは難なくその境界を踏み越えてしまう。だが、その話題からもすぐに逸脱し、二行目からは個人的な事情が奇妙な切迫感をもって語られる——それも、きわめつきに個人的で、そもそも些末な内容によって。

最後にようやく冒頭の話題に立ち返ると、ニューヨークとの比較のうちにハリウッドのあるカリフォルニアの天気についての常套句（詩では避けるべきとされてきた）が発せられたのち、やはり自分と大女優との比較をするや否や、最後の行ではトップギアに入ったかのように語りの速度はいや増し、一気呵成に語り終えてピリオドさえ打たない。語りの疾走感は圧倒的だ。

ちなみに、この詩はとある朗読会に向かう途中、ニューヨークのマンハッタンからスタテン島に向かうフェリーのなかで一気に書かれたという。朗読会では、その書かれた過程を披瀝してからオハラが読んだわけだが、同じ席にいたのは、ひと世代上で当時のアメリカ詩を席巻していたロバート・ローウェル——当時モダニズムの難解さを受け継ぎ、韻律という保守性を守った代表格——である。ローウェルは眉をひそめ、皮肉な発言をした。

だが、フェリーのなかで書くことはオハラにとって珍しいことでもなかった。ニューヨーク派詩人の盟友ケネス・コークの証言によれば、「はじめてフランクを知ってすっかり仰天したのは、何人かと喋っているときでも詩を書けたこと、会話の途中で立ち上がってタイプライターを持ってきて詩を書いたこと、それも書きながら会話にも加わっていたことだ」(Koch 27)。こうして、「ながら詩人」の書き方は都市伝説にも近いものとなった。そんな調子で書くわけだから、詩を残しておくこと、ましてや整理して出版することにもあまり頓着しなかったという。

そんなオハラの詩の本質に多少なりとも迫ること、それを通じて時代の状況、あるいは当時の広い意味でのアメリカ文化をも語ること、本書はこの二つを目的としている。

時代の状況、ということでいえば、オハラが詩人として活動した第二次世界大戦後から四十歳にしてあっけなく事故死するまでの二十年間は、アメリカにとって激動の二十年間であった。ごく簡単にまとめるなら、戦勝国として大いなる経済発展をとげ、空前のベビーブームの時期にあって中産階級は郊外に移るなど人類史上もっとも豊かな時代とさえ評されるライフスタイルを創出する。その一方で、政治的には朝鮮戦争を皮切りに冷戦が始まり、マッカーシー上院議員による赤狩りが追い打ちをかけるなど陰鬱さを増す時代でもある。開放的でありながら、文化は画一的・保守的で、恐怖政治もはびこる状況になり、ローウェルでさえ「沈静化された五〇年代」(187)と回顧している。くわえて、公民権運動、ヴェトナム戦争、といった諸問題が五〇年代に兆しはじめ、六〇年代にそれが全開するにつれ、学生運動を巻き起こし、対抗文化(counter culture)が勢いを増す、という騒然とした時代となっていく。本書が焦点をあてるのは主に一九五〇年代半ばからのほぼ十年間、冷戦初期と呼んでもいい時代のことになる。

*

本書の流れを紹介しておく。第一章では、オハラが職業的にも個人的にも抽象表現主義の画家たちと接していたことを手がかりに、「画家たちに囲まれた詩人」——最初に詩人ジェイムズ・スカイラーが使い、批評家マージョリー・パーロフが最初のオハラ論の題名としたフレーズ——と呼ぶにふさわしいオハラの詩と絵画の関係を探ることで、この詩人の詩学形成を跡づける。第二章もひき続いて抽象表現主義絵画との関連を探るが、ここでは政治との関連に視点を移し、ゲイであったオハラの詩におけるセクシュアリティの問題にも触れる。

第三章は同じ芸術でも別の媒体である音楽を取り上げ、オハラの詩法をさらに掬い上げていく。具体的には、二十世紀のロシア（ラフマニノフ）とアメリカ（フェルドマン）の作曲家、しかも正反対の作風をもつ二人とオハラの関係を見ていく。

第四章ではここまでの議論をふまえ、第三章までに炙りだしたオハラの詩法がなぜ生まれたのか、ということを文学のなかに掘り下げる――その際、詩の語りそのものに関わる「個性」(personality)という問題にしぼり、二十世紀の詩論を振り返りつつ考察する。

第一章　シュルレアリスムから離れて――オハラと絵画（一）

詩と絵画の関係については、いうまでもなく古来あれこれ論じられてきた。古代ギリシャの抒情詩人シモーニデースは「詩は言葉による絵である」と断言し、続いてプラトン、アリストテレスもさまざまな理論化を試みた。アリストテレスより柔軟な思考の持ち主のホラティウスも「絵のように詩も」（"Ut Pictura Poesis"）というもっとも有名な金言を残している。こうして詩と絵画は姉妹芸術（sister art）とみなされたわけだが、美学が成立する十八世紀にはレッシングによって両者が峻別され、ジャンル意識の高まりが目立つようになる……。だが、この議論はもちろん簡単に要約し、まとめきれるものでもない。この章では、「姉妹芸術」ということは意識しつつ、具体的にはシュルレアリスムと抽象表現主義絵画という、オハラの活動した時代にアメリカのみならず世界中を席巻した美術様式を手がかりに、この詩人の詩学創造を跡づける。それは、第二次世界大戦後の経済の活況と冷戦の悪化、という状況のなかで人々が引き裂かれる時代に、画家や詩人がどのように表現形式を手さぐりしたかを見ていくことでもある。

抽象表現主義の画家とのかかわり

わずか四十歳にしてあっけなく事故死するまで、オハラは十五年にわたってニューヨーク近代美術館（以下ＭｏＭＡ）に正規職員として勤めていた。私生活でも、絵画にくわえて音楽、舞踏、といったさまざまな芸術のなかに意識的に身を浸しながら詩を書いていた。とりわけ、オハラよりも世代的には上の、いわゆるニューヨーク派と呼び称される画家たちの存在はこの詩人にとって重要であった。仕事上彼らの個展に関わっただけでなく、個人的にも親密に交流していたからである。ただしそれゆえに、画家たちとの距離が近すぎて客観的な判断ができない、と批判されてもいたし、そもそも美術史についての教育も正式には受けず、学芸員としての訓練も積んでいなかったので、感性だけで働いていた、という評価もある。

元祖ニューヨーク派、というのは第二次世界大戦後からニューヨークの美術シーンを席巻しはじめた抽象表現主義の画家たちを指す。といっても、画家によって作風にかなりの違いもあることは明記してもしきれない。ジャクソン・ポロックの荒々しいまでのアクション・ペインティング、ヴィレム・デ・クーニングの「女シリーズ」、円熟期のマーク・ロスコーの瞑想的な二分割巨大絵画、といった画風を比べてみれば、その差異はただちに明らかである。ポロックは動的で、ロスコーは静的、とはっきり峻別されてきたし、抽象画といいながら具体的な対象を念頭に描いたデ・クーニングの方法はさらに意匠を異にする。それでも、これから見ていくように共通の創作原理を見出すことはできる。「ニューヨーク派」という名称をひねり出したのは、これら画家たちのなかでも理論派のロバート・マザウェルで、一九四九年に講演で使い、二年後にみずからの論文でも使ったことが始まりとされる。

ニューヨーク派詩人に関しても同じことで、ニューヨークにいたからニューヨーク派となっただけのことではある。第一世代のオハラ、ジョン・アッシュベリー、そしてコークとスカイラーは似たところと異なるところを同じぐらい持つといってもいい。こちらは、ジョン・マイヤーズというプロモーターが一九五〇年代半ばに彼らを売り込むために名づけたのであり、画家たちの場合とちがって、内から湧き出たものではない。それにしても、ほぼ全員が美術界と何らかの関わりをもった事実から、結果的には名にし負うということになった。

抽象表現主義絵画へのオハラの傾倒はさまざまだが、色々な意味でもっとも際立った存在のジャクソン・ポロックについての詩を見てみよう。「Number 1, 1948 をめぐる逸脱」("Digression On Number 1, 1948") と題された一編である。

I am ill today but I am not
too ill. I am not ill at all.

It is a perfect day, warm
for winter, cold for fall.

A fine day for seeing. I see
ceramics, during lunch hour, by
Miró, and I see the sea by Léger;
light, complicated Metzingers
and a rude awakening by Brauner,
a little table by Picasso, pink.

I am tired today but I am not
too tired. I am not tired at all.
There is the Pollock, white, harm
will not fall, his perfect hand

and the many short voyages. They'll
never fence the silver range.

Stars are out and there is sea
enough beneath the glistening earth
to bear me toward the future
which is not so dark. I see.

(CP 260)

ぼくは今日病気だが、病気すぎるという
わけではない。まったく病気ではない。
完璧な日だ、冬にしては
暖かく、秋にしては冷たい

鑑賞にはうってつけの日。ぼくは
ランチアワーにミロの陶器を
観て、レジェの描いた海を観る。
明るくごちゃごちゃしたメッツィンガーを数枚と
突如いやなことを思い出させたブローネル
ピカソの小テーブル、ピンクの。

ぼくは今日疲れているが、疲れすぎているという
わけではない。まったく疲れてはいない。
あのポロックがある、白くて、危害など
降るまい、彼の完璧な手と

多くの短い航海。それらが銀のつらなりを
塞ぐことはあるまい。
星は消えて海は
輝く地上の下に十分ある
からぼくをそう暗くはない
未来へと運んでくれる。見える。

勤務先のMoMA所蔵のこの作品について語るのだが、冒頭いきなり病気だといいつつ、そうでもない、いや病気ではない、と前言をひるがえし、どっちつかずの状態を季節の移ろいにたとえている。独特の曖昧さが出ているが、すべては絶え間ない変化の相のもとにある、というヘラクレイトス的なこの詩人の意識のありよう、そしてそれを転記するという詩法のあらわれでもある。

第二連では、観ることの意義が語られ、ヨーロッパの画家の名前とその作品の説明だの印象だの

が短く、息もつかせず列挙される。

そして第三連。ここでは、一連と並行した形で疲労について語られる。そして、満を持したかのようにポロックの表題作品についてのエクフラシス（ekphrasis）――美術作品を言葉で表わすこと――へと至る。観ているのはポロックの典型的な「アクション・ペインティング」で、ヨーロッパ絵画が「明るくごちゃごちゃ」したり、「突如いやなことを思い出させ」たり、ピンクでささやかだったり、というのとは対照的に、ポロックは力強い、という。その技巧は完璧だが、「多くの短い航海」とは絵筆のことならば、この技法の示すとおり、波にたとえられた絵の具のしたたりの激しさを制御する手立てではない。そのこと自体が、未来へといざなう希望のにない手だ、と。スリカント・レディは、ヨーロッパの画家たちを観ていたときには動詞に目的語が付いていたのに対して、最後に置かれた"I see"は自動詞であることに着目して、「主格から知覚作用を解放する」(123）として、純粋に見るだけの行為であることを強調している。だが、この意外性にみちた結句はまた巧みに多義的でもあり――"I see"は「私は見る」であるとともに、「納得した」でもある――、オハラ独特の終わり方のなかに「納得」ということも含意される。

それにしても、「危害など／降るまい」とか、「銀のつらなりを／塞ぐことはあるまい」とか、「ぼくをそう暗くはない／未来へと運んでくれる」といった控えめな感想を並べることで、決してポロックの絵画に熱狂してはいないことに留意しておきたい。というのも、ポロックとは通例でいえば熱狂もしくは反発という強い感情を惹き起こす画家だからである。抽象表現主義の影響について、ニューヨーク派詩人の盟友であるアッシュベリーも以下のようにクールな発言をしている――「〔彼らから〕教訓を得たとしても、それは単に漠然とした真実――自分なりにやれ、ということ――であり、実践的なことではなかった。別言すれば、ポロックが絵の具を撒き散らしたようにページの上に言葉をばらまける、などと思いもよるまい」（Ferguson 24-25 に引用）。こうして、影響は直接的ではなかったこと、また絵画と詩とは媒体が違うことを冷ややかに語るのである。

ポロックをはじめとする抽象表現主義の画家たちは、ではオハラの詩にどのような影響を与えているのだろうか。

抽象表現主義とは

そもそも、なぜ画家たちと付き合ったかと問われて、「われわれがニューヨークに到着したとき、あるいは五〇年代中期から後期頃に詩人として出発したとき、実験的な詩というものに興味をもったのは画家たちだけで、文学シーン全体は受け付けようとしなかった」（SS 3）とオハラは述懐している。フランスのシュルレアリスムの詩のみならず同時代のヌーヴォー・ロマンなどの洗礼も浴びていたオハラにしてみれば、アメリカ産の文学全般が遅れているようにしか映らなかった、というわけである。当時、モダニズムの詩人たちはもはや先鋭的な作品を書き終えていたし、代わって出て来た詩人たちの代表格のローウェルなどは、モダニズムを保守的に受け継いでいた（あるいはモダニズムの保守的な部分を強調した）のであり、そうなると、オハラが他のニューヨーク派詩人と同じように絵画シーンに目を向けたのも、職業上の深い関わりもあいまって当然のことではあった。

実のところ、絵画シーンにも同じような状況があった。抽象表現主義以前のアメリカ絵画は実験性とはほど遠く、それに抗うところから抽象表現主義も始まったといって差し支えない。たとえば前時代のアメリカ絵画の代表格であるトマス・ベントンのことを、ベットナーは次のように評している。

抽象表現主義の巨大なキャンバスの直近の前任者といえば、一九三〇年代の公共事業促進局の壁画制作事業だった。国家の歴史を大きなキャンバスに描くことへの興味が高まった背景は、早いものでは一九二〇年のトマス・H・ベントンの発案による絵画へと遡る。一九一一年と翌年、パリを訪れた際に観たフォービズムとキュビズムの作品にすぐそれとわかる主題が欠如していることに反旗を翻し、ベントンは第一次世界大戦終了後はわかりやすいネタを描くことに専心した。つまり、アメリカ生活から受けた個人的な経験に根ざすものだった。(Buettner 16)

そして、実体験に即して写実的な絵画を描きつづけたことは、大恐慌によるアメリカの混乱を直視すべく、社会主義的・国粋主義的な姿勢を前面に出そうとしたことのあらわれであり、のちの抽象表現主義との大きな差異がここに見える。

それでいて、巨大な絵を描くというところが、実は抽象表現主義を予感させる。そもそも、大恐慌時代にはポロックのみならずデ・クーニングやアーシル・ゴーキーもWPAアート・プロジェクトに参加して壁画を描いていた。さらに、ポロックは元々ベントンの弟子であり、友人でもあったことから、ベントンのうねるような曲線は初期のポロック作品にもしっかり感知される。

だが、共有する部分はそこまでで、抽象表現主義はそれまでの絵画史のいかなる影響からも意識的かつ決定的に離れていった――「〔……〕彼らにとって重要だったのは、先立つどんな芸術の影響を受け入れるにしても、その諸前提を、十全な意識をもたないまま、作品に組み入れることはしなかった。うっかりそうしてしまいがちなため、学んでいたことは意識してすべて排除し、未知の領域へと踏み込んだ。獲得すべきものは、おのれのヴィジョンだけで支えた」(Mackie 91)。

しかも、抽象性の強度、という点では類を見ないものであったことも、マッキーは強調する。

たとえばカンディンスキーは〔……〕世界にある何か、つまり内なる本質を描きたいと思ったら、そこから始めた。〔……〕すると彼の絵の形態は、抽象化されたといっても、世界のなかに見つけたものを描写していることになる。それらが描写するものは、われわれには通常気づきにくい面だとしても。〔……〕抽象表現主義の画家たちにとって、これではダメだった。多くの伝統芸術を大いに敬愛したものの、その前提、目的、過程といったものは新たな名作を生み出すための肥やしにはならない、と感じていた。特に、社会や世界についての概念を基本的に「例示」する形式というものは芸術家に霊感を与える源とはいえなかった。この芸術家は人間経験の根本的な真実について描こうと欲していたからだ。(97-98)

そのため、どうしたかというと——

むしろ、現代の芸術家は深遠なる真実を、説明するよりも表現するための形式を見つけなければならない。ロバート・マザウェルが自分の作品「スペイン哀歌」について語ったように、スペイン内戦の経験について何かを表わしたわけではなく、その経験の視覚的「類比」を創造したのである。「あの絵は絶対的に比喩なのであり、描写ではない」し、形式というものは視覚世界からはもたらされないので〔……〕芸術家はおのれのうちに形式を発見し——それを真摯に創造しなければならない。(99)

描くことそのものにおける真実の探求は、非再現性という形を取らせたわけであり、それこそが抽象表現主義の画家たちの特徴となり、独創性ともなった。
　徹底した抽象性は、前時代の絵画に抗うところから生まれただけでなく、同時代の商業主義への反発からも助長されることとなった。マザウェルは、「道徳主義は絵画でももっとも下等な型式に属する——風俗画、プロパガンダ、大衆的な宗教美術、広告、マジソン街」(SS 178に引用)と主張。いささか高踏的だし、話は商業主義に横すべりするものの、一九五〇年代には広告美術の質も飛躍的に発展したことから、すべての面で対照的な抽象表現主義がそれを意識し、ゆえにこのような発言を誘発したのである。

オハラが抱いていた創作原理もこれに似て、有用性を求めないこと、そしてもちろん表現の絶対性を追い求めることに基づく。それは、非有用性のみならず、マザウェルもいうように非道徳性（不道徳性ではない）、といったことにもつながる。この点で、フランス流実存主義の吹き荒れる趨勢も影響したことは想像に難くない。

オハラ自身も、初期の難解きわまる詩作品「二番街」（"Second Avenue"）についての解題を求められたとき、主題をつきとめる努力をしてみようか、などと初めにうそぶくものの、直後にそんなこと自体が詩というものの本質からいかに外れているか、と言いはなつ。さらに、詩の意味などは言い換えの効かないものだと明言し、ここには新批評との共通点が見える。だが、新批評がテクストの統一性を支える緊張関係に重きを置きつつも、主題を決して否定しないのに対して、オハラは「詩［そのもの］が主題であり、詩とは主題について語るものではない」（SS 40）とひたすら言い続けるのである。デイヴィッド・リーマンも、オハラの詩「なぜぼくは画家ではないのか」（"Why I am Not a Painter"）は、「主題をもたないことの重要性についての詩である。主題は重要ではない。それは抽象表現主義から直接来たものだ」（344）と断言する。

即興の時代

オハラは、即興性という面でも抽象表現主義と軌を一にする。ビート派の詩人も含め、もとより彼らに表現のうえで直接的影響を与えたジャズも含め、一九五〇年代には表現における即興性が各分野で浸透というかむしろ蔓延していった。「戦後世界のこの国の卓越と絶対性を得て、アメリカを地盤とするアーティストたちはたちまち前衛的過激さという覆いに身を包んだ。その結果、創造的な即興がスタイルとして獲得された」（Sweet 382）という見方は、とりあえず的を射ている。

一方、ダニエル・ベルグラッドの『即興の文化』（*The Culture of Spontaneity*）はもっとネガティヴな面に目を向ける。文学のみならず美術や音楽を含む即興という方法が、いかに一九五〇年代のアメリカの表現者のなかに広まったかが論じられるなか、文学でいえばブラック・マウンテン派のチャールズ・オルソンの詩学の影響下にあったビート派、音楽ではジャズのビバップ、絵画では抽象表現主義が俎上にのせられる。ベルグラッドによれば、企業的自由主義（corporate liberalism）が一九二〇年代からアメリカを支配し、進歩思想の中心にある大量生産を牽引してきたが、大恐慌とともに落ち込みつつも第二次世界大戦の戦勝国となったことで回復、いや実際にはさらなる勢力を身につけた。そのとき、以前はフォード社の大量生産に代表される技術的支配が中心だったのに対して、官僚的支配の色彩が濃くなることで、「物理的空間ではなく、精神的態度を合理化」（4）するまでに至った。その結果として、文化全般に画一化が進んだ。このような支配への反抗として、前衛派は即興を戦略として立ち向かった……。文化の保守化と画一化が支配的になるにつれ、リベラルな表現者は即興という武器を手に取って戦う気概を植えつけられた、というわけだが、それでも、即興と一言で済ませるわけにはいかない。

ジャズに関しては、第二次世界大戦後に創始されたビバップという様式が、それ以前のスウィングに取って代わることによって、コペルニクス的転回をはたしたと言われてきた。つまり、ダンスのための伴奏になった――現場のジャズメンに言わせれば成り下がった――ジャズが、芸術性を取り戻し、それ自体を正面から聴く音楽へと変えた、ということ。そのために、大人数のビッグバンドに代わって、小編成のいわゆるコンボがジャズメンにとっては格好の形となった。というのも、ダンスの伴奏のためには勝手な即興で音楽全体の流れに破綻をきたしてはならないので、ジャズメンにとって即興は限定されていたからである。そのため、即興を全面的におこなうために、ビバップが生まれたわけである。

それゆえ、ビート派のジャック・ケルアックらが、ビバップとは「感覚的な非言語的コミュニケーションであり、つまりはエネルギーの場を通してのコミュニケーションであり、知的な概念化によるものではない」(Belgrad 211) と信じたわけだが、ここには少し問題がある。なぜなら、ビバップは毎小節ごとにコードが変わるほどの複雑な和音展開を特徴としていて、それについていける演奏家だけが真のビバップ奏者たりえたからである。もちろん、これにより、即興の幅は劇的に広がり、即興を本意とするアフリカ的要素が理論上は回復されたわけだが、あくまで西洋的な和音構造にしたがうかぎりは、知的な概念化もしっかり含まれることになる。その後のジャズの歴史を見れば、一九五〇年代末にマイルス・デイヴィスがアルバム『カインド・オブ・ブルー』（*Kind of Blue*）で全面的に試したモード・ジャズ、さらには同じころに注目を浴びはじめ、無政府的ともいえるフリージャズという、ジャズの根本的な刷新のなかでこそ、本来のアフリカ的即興が追求されていった。それゆえ、ビバップはむしろ白人中産階級のジャズ愛好家に好まれる、という結果になった。

一方、抽象表現主義はどうだったのか。運動の起源から見ていくならば、抽象表現主義のそもそもの発端は、一九四三年にアドルフ・ゴットリーブとロスコーが神話を題材に作品を制作したことだった。「今、ここ」を描く、という即興性の裏には、実はそれと正反対の普遍的なものの探索があったことになる。そして、マッキーの指摘によれば、それを表現するためには抽象的でなければならなかった。

芸術は人間経験のなかの重要な真実と関わらなければならない。絵画の伝統的諸形式はあまりにも身近で陳腐になったので、そんな経験を伝えることができず、新たな表現様式を探さなければならない。またそんな真実は神話に含まれているが、写実的に描いたのではその真の意味がぼやけてしまう。単純で抽象的な型式だとか象徴を考案することで、神話的意義の複雑さと深淵さをうまく表現しなければならない。（22）

原始主義はモダニズム以来さまざまな表現分野における関心事である。しかも、原始主義、そして神話からは、無意識の領域が強調されるという意味で、当時ニューヨークに入りはじめていたシュルレアリスムが影響力を持つことになるのは必然だった。そして、やはりマッキーによれば、シュルレアリスムの絵画のなかでも抽象度の高いものに抽象表現主義の画家たちは惹かれた——「彼らは抽象的シュルレアリストと自らを位置づけたシュルレアリストにより興味をもち、他のシュルレアリストの復古的・非冒険的イラストには反対した」(65)。抽象表現主義の擁護者の一人、クレメント・グリーンバーグはシュルレアリスムの絵画を、エルンスト、タンギー、マグリット、フィニ、ダリといった「正統派シュルレアリスム」と、ジョアン・ミロ、アンドレ・マッソン、パブロ・ピカソ、パウル・クレーといった「それ以外」に区分し、「それ以外」を肯定的に評価している(Greenberg 225-231)。後者こそ、シュルレアリスムの本道である自動記述的な要素を絵画表現そのものに活かしているからである[1]。

もとよりフランスに由来するこの大きな波は、一九三二年から三六年の間にはすでにニューヨークに移入されていた。ニューヨーク周辺でまずシュルレアリスムの展覧会が開かれ、ディーラーであるジュリアン・レヴィの主導のもと、マン・レイ、マックス・エルンスト、サルバトール・ダリ、アルベルト・ジャコメッティ、ルネ・マグリット、イヴ・タンギーなどの作品が公開されている。とりわけ、MoMAも「幻想芸術、ダダ、シュルレアリスム」と題した展覧会を一九三六年に開いたことで、その影響力を強めた。レヴィはまた『シュルレアリスム』という書物を著わし、ブルトンによる一九二四年の画期的な『シュルレアリスム宣言』の抜粋を紹介している。しかも、一九三九年にはタンギーがニューヨークに到着していたし、一九四〇年代初めにナチの脅威を逃れてニューヨークに亡命していたブルトンやダリやマッソン、フェルナン・レジェの影響もシュルレアリスムへの興味を一層高めた。一九四四年には、「アメリカにおける抽象的・超現実主義的芸術」なる展覧会がニューヨークのみならずアメリカを巡回している。

これは、第二次世界大戦中の民族大移動にも近いアメリカへの亡命にともなう文化輸入なのであり、その結果として、シュルレアリスムがアメリカの諸分野における表現者に刺激を与えたことは間違いない。だが、そのような流れを抽象表現主義の画家たちはそのまま受け入れるということはせず、あくまで意識も入れる、という形での表現上の導入を目指したのであり、「一九四七年には、この修正版自動記述(芸術創造に供される〔ためだけの〕自動記述)は、制作のシステムの一部になっていた……」(Buettner 67)。つまり、無意識と自動記述に含まれる即興性の部分のみを取り入れたことになる。それは、きわめて政治的なフランス流シュルレアリスムの流用であり、元祖からの脱却にほかならない。

そもそもの始まりとなった原始主義にしたところで、抽象表現主義の展開においては徐々に失われていった。

シュルレアリスム的図像学の魅惑は、若いアメリカ人にとって一九四一年から四四年までの間に頂点に達していた。そして、神話に遡るといっても、具体的というより曖昧なことだらけで、あまり使われなくなり、ついに残ったものはシュルレアリスム的方法、つまりは理論の抜け殻だけとなり、キャンバスにどこまでも自由に描いていいとアメリカ人芸術家に思わせることになった。

(Buettner 77)

神話からの撤退とは、無意識そのものへの興味の実質的な終わりでもあった。

脱シュルレアリスム

では、オハラはどうだったのか。

もちろん、ニューヨーク派詩人のうちにもシュルレアリスムへの強い興味はあった。アッシュベリーは、一九三六年、当時まだ九歳にしてアメリカで開かれた「幻想芸術、ダダ、そしてシュルレアリスム」という展覧会評が『ライフ』誌に載ったことに接し、なぜ同じようなことが英米の詩に起こっていないのか、と疑問を抱いたという。後年になってアッシュベリーは「シュルレアリスムが多くの面でわれわれに影響をおよぼしたことはたしかなので、それがなかったら世界はどうなっていたかは想像もできない」("The Heritage" 5)と、その影響力と浸透力、のみならずある程度の汎用性をみとめている。(2)

オハラの初期には自動記述に近い形で書いた詩もある。「オレンジ（"Oranges"）」（一九四九）、「憎悪（"Hatred"）」（一九五二）、「イースター（"Easter"）」（一九五二）、そして上述の「二番街」（一九五三）などである。「オレンジ」は、アポリネールの未完の書、『そして私も画家（*Et moi aussi je suis peintre*）のパロディであり、「なぜぼくは画家ではないのか」にも転用されることになったが、マザウェルが『キュビズムの画家たち（*Le peintres cubists*）』（一九一三）の翻訳を一九四九年に出したとき、その最後に宣伝されていたのをオハラが目にした、という説もあり（Mattix 二）、シュルレアリスムを起源としているかのようだ。

だが、一九五〇年代後半からは少しずつオハラの詩が変質していく。その要因は、三章で詳しく述べるが、「誰か（太陽）より前に起きる（"Getting Up Ahead of Someone (SUN)"）」（一九五九）という詩のなかで、みずから自虐も屈託もなくあっけらかんと「ぼくがこれをやり、ぼくがあれをやる詩」（"I do this I do that" poem）と名づけた様式へと移行したことである。この直接的な名称が表わすように、見たもの、感じたものを、そのままほぼ時系列に、何よりゆるやかな即興のうちに書き連ねることが多くなった。重要なことは、即興性を保ちながらもあくまで意識的に書く、ということ。まとまった意味の解読がほとんど不能なシュルレアリスム的自動記述との違いは程度の問題かもしれないが、こちらは少なくとも数行の間は意味が形を成すことは間違いない。

また、アッシュベリーは、オハラのシュルレアリスム的な詩群のなかにさえ頻発するアメリカ口語の使用に注目し、全詩集への序文で「シュルな詩のむっちりとしたイメージを風通しよくした」

（CP x）と述べ、自動記述との相違をたくみに看破している。

こう見ていくと、オハラと抽象表現主義とが共有する即興性には近しいものがある――「ニューヨーク派絵画とオハラの詩との真の接点があるとすれば、無意識の領域への自由なアクセスというより、自意識の強いオハラにとっては、即興的であるということだった」（Ferguson 27）。

なぜ画家ではないのか

このように、オハラは抽象表現主義との濃密な関係のうちに独自の詩法を練り上げていった。そこには、二十世紀前半のヨーロッパ前衛美学を代表するシュルレアリスムの存在が背景にあるとしても、オハラも抽象表現主義も、ある意味ではそれを触媒のように利用しつつ、独自の美学へと導いたのである。もちろん、シュルレアリスムは第二次世界大戦後に多くのアメリカ人表現者を魅了し、また呪縛さえすることになったが、抽象表現主義の画家もニューヨーク派の詩人たちも、意識／無意識をめぐる点において、その影響からは微妙に、だが決定的にはずれていき、独自の即興性がそれに取って代わったことになる。スイートによれば、オハラおよび抽象表現主義の受け継いだ伝統とは、制作過程を重んじるダダ／シュルレアリスムと、出来上がった作品を重視する象徴主義／キュビズムの両方であり、「美学的関心と反美学的関心を新たな形で結びつけた」（Sweet 376）。その結果、シュルレリスム的な反形式主義に立ったうえで、抽象表現主義はその動的な面、暴力的で衝動的なパフォーマンスを強調し、キュビズムにとって大事な技巧上は意図的に作り上げるという素振りを避けた。しかし、「芸術」は彼らにとって神聖なもので、それゆえ形式というものがその過程には不思議議なことに存在した……

（377-378）

と考えることができる。

とはいえ、抽象表現主義とニューヨーク派の詩人、とりわけオハラの間にある差異は決して看過すべきものではない。画家との一線を決定的に引いておこうと宣言する（かのような）詩、「なぜぼくは画家ではないのか」にそれが見て取れる。友人の画家で抽象表現主義第二世代のマイケル・ゴールドバーグとの交流をとおして美学論議の形をとりながら、驚くほど軽やかな調子に貫かれた一編で、メタポエムでありながら題名からしてあっけらかんとするほど率直で、とぼけてさえいるのだが、詩というものの本質を、とりわけ絵画との関係において探究するような詩でもある。だが実際には、簡単な言葉を連ね、ユーモアをかもしながら、実は一面的な解釈をかたくなに拒否する仕掛けがここには潜んでいる。

I am not a painter, I am a poet.
Why? I think I would rather be

a painter, but I am not.

(CP 261)

ぼくは画家じゃない、詩人だ。
何故って？　画家の方がいいかとも
思うが、そうではない。

冒頭からこのように明言したうえで、その実例が紹介される。それは、時系列に沿って語られるゴールドバーグとの交友と対話である。

Well,
for instance, Mike Goldberg
is starting a painting. I drop in.
“Sit down and have a drink” he
says. I drink; we drink. I look
up. “You have SARDINES in it.”
“Yes, it needed something there.”

“Oh.”

(CP 261-262)

そう、

たとえば、マイク・ゴールドバーグは
絵を描きはじめている。ぼくは立ち寄る。
「座れよ、一杯どうだ」と彼は
言う。ぼくは飲む。ぼくたちは飲む。ぼくは
見上げる。「絵にSARDINESがあるね」。
「そうさ、そこに何か必要だったんだ」
「ふーん」。

絵を描きはじめた友人の画家のアトリエにふらっと立ち寄り、巨大なキャンバスの上に“SARDINES”(図柄か何なのかは判然としない)があることに言及するが[3]、画家はあっさり、何か必要だった、とだけ返答する。

I go and the days go by

and I drop in again. The painting
is going on, and I go, and the days
go by. I drop in. The painting is
finished. "Where's SARDINES?"
All that's left is just
letters, "It was too much," Mike says.

(CP 262)

　　ぼくは帰り、それから何日かたち
ぼくはまた立ち寄る。絵は
制作中で、ぼくは帰り、また何日か
たつ。ぼくは立ち寄る。絵は
完成している。「SARDINES はどこへ行ったの？」
残っているのは
文字だけ。「うるさかったのさ」とマイクは言う。

絵の進捗状況を何度となく確かめた末に、絵が完成したことを知り、詩の語り手――明らかにオハラ自身と思われる――が画家になぜ SARDINES の文字がなくなったのかを問うと、大仰でうるさかったから、との回答。

そこで、今度はオハラが自分の詩の制作過程について語る。

But me? One day I am thinking of
a color: orange. I write a line
about orange. Pretty soon it is a
whole page of words, not lines.
Then another page.

(CP 262)

で、ぼくといえば？　ある日、ぼくは色のことを
思っている――オレンジだ。一行書く、
オレンジについて。たちまち頁全体が
言葉で埋まる、行ではない。
そしてまた一頁。

「オレンジ」についての行が、さらには頁へと増殖し、言葉の洪水のようになったことが暗示される。だが、語り手はそんなことに頓着せず、さらに書き進める。

There should be
so much more, not of orange, of
words, of how terrible orange is
and life.

(CP 262)

もっともっと
なきゃいけない、オレンジではなく、
言葉が、オレンジはいかにひどいかが、
そして人生。

オレンジなどはもはやどうでもよくなり、とにかく言葉だけが必要となってくる。

Days go by. It is even in
prose, I am a real poet. My poem
is finished and I haven't mentioned
orange yet. It's twelve poems, I call

it ORANGES. And one day in a gallery
I see Mike's painting, called SARDINES.

(CP 262)

日々が過ぎる。散文で書かれて
いても、ぼくは本当の詩人。ぼくの詩は
完成したが、いまだにオレンジのことを
語っていない。十二編の詩で、ぼくは
ORANGESという題をつける。そしてある日ギャラリーで
マイクの絵を観る、SARDINESという題の絵を。

結局、オハラにとってオレンジという色は「オレンジ」という詩を書きはじめるきっかけでしかなく、またゴールドバーグにとってもSARDINESはたまたま描き入れられ、引っ込められ、最終的に題名となったものにすぎない。つまり、初期の目的が果たされなくてもかまわないし、むしろ、それは出発点でしかなく、とりわけ題名などは徐々に意味を成さなくなる、ということ。というのも、創造的作品とは制作中に変容し続けていいはずのものであり、その点で絵と詩の制作過程は共通する、ということになる。

では、題名はどうなのか。もちろん、絵画と詩、絵の具と言葉、という媒体のうえでの差異が根

本的にある、と語っているようにも取れる。両者の差異として横たわる再現性と非再現性ということに関して、マティクスは詳細にわたる検討をおこなう。

オハラが指摘する点とは、画家が抽象表現的イメージとして言葉や文字を使う一方で、詩人は部分的ではあってもそれらを再現のための道具として使わざるをえない。言葉を言葉たらせるものはその再現的機能であるという、まさにその理由から、ということである。たとえば、ゴールドバーグは絵のなかで「SARDINES」を使うのは、絵がサーディン（鰯）だとか「SARDINES」という言葉を再現するからではなく、材料のなかにおのれの感覚を探る過程で、「SARDINES」という文字イメージが必要とわかったからだ。それは、ここにちょっと青が必要、あそこにちょっと赤が必要、というのとまったく同じことである。彼があとで「SARDINES」が「うるさかった」とわかった、ということは、この言葉を画家の感覚のための非比喩的表現として使っていることを強調する。芸術家の感覚を絵画のなかで文字によって抽象表現することとは、詩人がおのれの感覚を言葉で表現することとはかなり異なる。この詩は色としてのオレンジについてではないとはいえ、画家と違って詩人は純粋なる抽象性をもって表現することはできず、言葉を使わなければならない。ということは、具体的な事物だとか、そこに再現される概念だとかを呼び起こすことになる。

(Mattix 20-21)

詩は畢竟、抽象絵画のように非再現的ではありえず、程度の差こそあれどうしても何かに言及し、再現してしまう結果、全体はともかく細部（たとえば詩の一行、あるいは数行）は具象性を帯びる。絵の具と言葉、という媒体の違いが生み出す決定的な差異である。

「〔……〕実際のところ、オハラが興味を持ちつづけたのは、抽象が支配的な時代にあってさえ、絵画における再現性のことだった。あの時代に、ポロックにとってさえ再現こそ差し迫った問題とわかっていた比較的少数の批評家に属していた」（Ferguson 24-25）という見方もあるが、むしろ、主題のないことを求めるがゆえに、可能なかぎり絵画的な抽象性・非再現性に拮抗したい、とオハラは願っていたのではないだろうか。そんな、必敗の企てではなかっただろうか。[4]

もっとも、この詩が実際には詩も絵画も同じように常なる変化の相にあることを実証し、自分の詩のための説明をしているとするなら、題名さえ徐々に意味を成さなくなるもの、と言っているように読むこともできないではない。アッシュベリーの多くの詩においても、題名は発語のためだけのものであり、単なる出発点でしかないのだ。

ただし、オハラの詩は「並列的」（paratactic）な原理により、関係の希薄なあれこれを次々に語る、というより並べていく方法で示されるために、「しっかり出来あがった物語ではなく今まさに続いている出来事」（Silverberg 98）のようであり、「オハラはさらにこの連続と偶発（contingency）という印象を作りだすわけだが、それはハイポタクティック（従属的）な語りの過去時制ではなく、断片的でパラタクティックな現在時制を使うことによる」（98）。よく練られた物語ではなく、断片的な語りだからこそダラダラと、しかも方向性なく進むことになる、というわけである。そして、これは絵画（空間的で結果しか残せない芸術）より、言葉（時間的で過程を残せる表現）によってこそはるかに効果的に成しうる。とするなら、オハラがなぜ画家ではないのかということに、やはり頷かされる。

ここまでたどってきたオハラと抽象表現主義との関係は、次の章において同時代の政治との複雑な関係のうちに考察される。

第二章　冷戦に封じ込められて——オハラと絵画（二）

前章ではオハラと抽象表現主義について、主に技法の面から考えてみた。この章では、抽象表現主義をめぐる政治的な背景へと視点を移す――キーワードは「冷戦」である。冷戦とアメリカ文学の関係については、これまで多くの研究がなされてきた。だが、そのほとんどが小説を材料としていて、詩に関しても成果がないことはないが、第二次世界大戦後、それも一九五〇年代に出現した多種多様な詩人たちに十分な光が当てられたとは言いがたい。

繰り返すが、二十世紀初頭に花開いたモダニズムの詩が三十年ほどアメリカ詩を席巻したのち、過渡期をへて二十世紀半ばに反モダニズム（あるいはゆるやかな括りのもとでポストモダニズム）と呼ぶべき詩人たちが百花繚乱といえるほどに台頭したなか、マスコミにもしばしば取り上げられたビート派をはじめとして、ブラック・マウンテン派、そしてオハラを含むニューヨーク派、といった多彩なグループがその代表として挙げられる。そんな詩人たちが戦後の開放的な空気のみならず抑圧的な状況のなかで活動したものの、ビート派以外は必ずしも冷戦という視座から顧みられなかった。

たとえば、ビート派と比べたとき、ニューヨーク派はいかにも政治性に乏しいと評価されてきた経緯があるが、それでもここであえてオハラを冷戦というコンテクストに入れてみるのは、この詩人が冷戦初期に複雑な立場に置かれていたからである。一九五〇年代半ばからMoMAに勤務し、最初はまるで丁稚奉公のように受付係から始めて、四十歳で事故死したときにはアシスタント・キュレーターの職にまで登りつめていた。そして、同時代の画家、とりわけ抽象表現主義の画家たちと公私にわたり深い繋がりを築きあげていた。そんな画家たちが世界的に知られるようになるにつれ、実際には冷戦初期にアメリカ政府の策略に巻きこまれる、という事態があった。その「策略」を素描したのち、抽象表現主義の画家たちがどう関わったかを詳しく考察する。

その上で、オハラがある意味ではアメリカの冷戦政策に加担していたことを明かすとともに、一方ではゲイの詩人として差別の犠牲者でもありえた、というアイロニカルな状況にも触れる。だが、あくまでオハラ自身の詩を読むことをとおして、オハラの冷戦への態度を引き出すことにより、アメリカ一九五〇年代という冷戦初期に活動していた創造的表現者のあり方として、順応主義でも、反順応主義でもない、第三の立場がありえたことを示したい。

I　陰謀とプロパガンダ

裏幕

まず、オハラが親しく交わった抽象表現主義の画家たちが冷戦初期の政治にどのように関わったか、という事情から見ていく。『文化的冷戦』(*Cultural Cold War*)の著者ソーンダースによれば、一九三九年から四〇年にかけての独ソ不可侵条約が原因で、『パルティザン・レビュー』のようなマルキスト系雑誌に代表される多くの左翼知識人たちがレーニン的共産主義から一転、左翼への傾倒さえやめてしまった。そんな趨勢のなか、一九五〇年代に入りCIAの策略と支援により、抽象表現主義の展覧会が世界各地で開かれるようになった。冷戦のさなかということで、ロシアと違っていかにアメリカが自由主義的かつ民主主義的かということを世界中に喧伝するための、文字通りプロパガンダとしてであった。何といっても、第二次世界大戦で戦勝国となり、世界一の国というイメージを振りまくことがアメリカの対外政策の一環としてあったからである(同じようなことは前衛音楽についても成されていた)。

もちろん、時の大統領トルーマンをはじめとして権力者にとっては抽象表現主義の作品、とりわけアクション・ペインティングで名高いポロックのような画家の作品は理解を超えているどころか、嫌悪さえ覚えさせるようなもので、共産主義に敵対するために見せつけるはずの絵画を、共産主義的とさえ切り捨てる政治家もいた。ちなみに、ポロックはワイオミングの牧場の出身で、そんな西部のマッチョなイメージを『ライフ』誌が大々的に取り上げて全米にその名を知らしめたのは一九四九年のことであった。

それでも、CIAは当時のMoMAの館長、ネルソン・ロックフェラー（一九二九年に母親が共同設立者であった）などの協力も取りつけ、抽象表現主義の展覧会に大量の資金を注ぎこんだ。もちろん、第二次世界大戦終結以前からMoMAは十九世紀の名画を売り払ってまでもアメリカの現代作品を買い込んで独自のコレクションを築いていた、という一面もあり、そこに国粋主義的方針を読み込むこともできるだろう。また、抽象表現主義の画家たちは、非再現的かつ非政治的であるがゆえに、非ソ連的とみなされる場合もあった。さらに、ニューヨーク文化の最先端を担っていたことから自動的にアメリカ文化を代表すると考えられたことも大きかっただろう。だが結果的には、CIAが抽象表現主義絵画を作った、とまで言う者もいたようだ。

実のところ、時をさかのぼって一九四六年にはすでにロンドンを皮切りにマザウェルやアドルフ・ゴットリーブを含む作品群の展覧会があった。そして、一九五三年から五四年にかけて、はじめてニューヨーク派を中心にして「十二人の現代アメリカ画家と彫刻家」と題した展覧会がパリの市立近代美術館で開かれ、その後十五年にわたって開かれる展覧会の先駆けとなった。とはいえ、実際には、この美術館が招聘したのではなく、ロックフェラー財団の資金でまかなわれたわけである。そしてこの後、チューリッヒ、デュッセルドルフ、ストックホルム、オスロ、そしてヘルシンキへと展覧会は進んでいく。そんな後ろ盾によって国際的な評判も得たせいか、一九五〇年代後半から一九六〇年にかけては抽象表現主義の絶頂期となる。結局、これらの画家たちが政治的に利用されたことが暴露されるのは、時をへて一九七〇年代まで待たねばならなかった。(1)

アメリカによる「簒奪」

以上がソーンダースの記述のあらましである。まるでロシアのプロパガンダ芸術の向こうを張るかのように、抽象表現主義の画家たちがアメリカ政府のプロパガンダに供されたことは明らかだとして、そもそも彼らがそんなからくりに気づいていたかどうかは定かではないし、今となっては確かめようがない。だが、あとでオハラとの比較をするため、このプロパガンダ政策が画家たちの作品にどのように影響を与えたのかは考えておく必要がある。

そもそも、彼らはとりたてて政治的ではなかった。それどころか、むしろ芸術至上主義に傾いていたとはよく指摘される。

彼ら〔抽象表現主義の画家たち〕が到達した結論とは、芸術家が政治参加をしたら、芸術も文学もなくなる、ということだった。これは、ローゼンバーグによる、それより十年前の、文学とは政治的表現のための必要な手段なり、という見方を完全にひっくりかえすことを意味していた。戦争末期、美学のために政治へのかかわりを超越することを唯一の拠り所とした芸術家

にとって、政治とは罠であった。（Buettner 16）

にもかかわらず、冷戦のプロパガンダとして利用されたのだから、皮肉なことではある。

だが、芸術至上主義に至る背景として、当時の劇的な政治変動もあったはずだ。第二次世界大戦後にはソ連との緊張関係が高まり、それまでファシズムに対抗して（そして大恐慌以来）社会主義に走っていた知識人や芸術家も、手のひらを返すように反共に転じた。そして、マッカーシー上院議員によるいわゆる赤狩りがその傾向に拍車をかけたことは言うまでもない。すると、「イデオロギーが潰えた、あるいは潰えそうなところで、芸術だけが人間性を生の深みへと導く力があり、こういった人間存在の真実に直面し、考慮された場合にのみ再構築ができるのであった」（Mackie 29）。第二次世界大戦後の政治に嫌気がさした画家たちにとっては芸術そのものの意義がいや増し、そこにのみ存在意義を求めることになったわけである。

一方、セルジュ・ギルボーはアメリカ絵画史に注意をたどり、政治についても、表現そのものについても前時代からの脱却を求めた、と主張する。

移行は二段階で起こった。アメリカ芸術は最初ナショナリズムからインターナショナリズムへ、そしてインターナショナリズムからユニバーサリズムへと移ったのである。議題のうち、まず重要な第一項といえば、ナショナリズム的芸術をなくすことであった。それは地方的な芸術、そして一九三〇年代の政治的・象徴的な芸術であった。この手の芸術はもはや現実と一致しておらず、いわんや冷戦の要請とは無関係であった。 (Guilbaut 174)

だからといって「冷戦の要請」に応えようというわけでもなく、前章でも触れたことだが、原始主義に拠ることで、時代を超えた普遍的なものを絵画で表わそうとしたところに、抽象表現主義の出発点があった。

ただ、画家たちは政治に興味がなかったとはいえ、展覧会がヨーロッパの各地を回り、名声が高まるにつれ、キャンバスは巨大化し、画面そのものの質も落ちていく傾向にあったことは否めず、このころから堕落と凋落が始まったと見る向きもある。実際、当時は抽象表現主義の絵を展示しなければ展覧会として成り立たないほどの状況にあり、値段も五〇年代半ばに彼らの作品の値段が急騰した (Robson 415-423)。一九七〇年のロスコーの自死は、ブルジョワ的物質主義に対抗するという信念をこめたはずの絵が、時代の悪弊である消費主義そのものに飲み込まれる、という皮肉な結果にその一因があったのかもしれない。

結局、抽象表現主義の画家たちは国家の冷戦政策にどこまでも翻弄されたと結論せざるをえない。彼らの台頭は、戦勝国としてのアメリカの多方面にわたる文化現象を覆い、そして呪縛していた「勝利の物語」(victory narrative) の一部を強めたとみなさざるをえない。もっとも、真珠湾攻撃に先立つ十カ月前、雑誌『ライフ』にはヘンリー・ルースの「アメリカの世紀」という論文がすでに掲載され、アメリカの覇権をことほぐ言説がすでに全米に向けて解き放たれていたのだが(2)。

オハラの立場

勝利の物語の広がりについてもう少し言及するならば、それが洗い出されるのは、戦勝に沸くアメリカ国内よりも、むしろ外部からの冷ややかな視点によるのかもしれない。抽象表現主義に関しては、「世界の美術の中心がパリからニューヨークに移った」という、フランスで多く流布したはずの言説がある。たとえば、ギルボーは第二次世界大戦後アメリカを代表する批評家がパリへの勝利宣言をおこない、世界の美術界の中心的立場をフランスから簒奪した、とまで訴えている。しかも、年代まではっきり指定して、芸術上の覇権争いに批評家までも加わったことを強調している――「一九四八年三月。決定的瞬間、というのも、アメリカ芸術は世界随一であるとグリーンバーグがわざわざ公言したときだったからだ」(Guilbaut 168)。このように、グリーンバーグをはじめとする影響力の強い、なにより政治性の色濃い批評家が、CIAの戦略と同調するかのように、またアメリカの経済的好況に見られるアメリカ的矜持を反映するかのように、いかに抽象表現主義が賞賛に値するかを語ってやまなかった。ポロックを特に称揚したグリーンバーグが裁断したのは、大衆文化の生み出すキッチュな芸術で、それに対して抽象表現主義の作品はモダンで、何といっても高踏的と映ったのだった。同様の発言をしたローゼンバーグも含め、尖鋭的な批評家たちが前衛芸術を支援するにつれ、画家たちもそれを盾に自分たちの国際的な優位を意識していった面もあったにちがいない。

それゆえ、抽象表現主義の終焉を宣言して幕を引こうとしたのもグリーンバーグであったのは、驚くことでもない。

グリーンバーグの批評的偏見による全面的な変節は、一九六二年の「抽象表現主義のあとで」という論文の出版とともに起こった。批評的原則を大まかに述べたものとして、それは抽象表現主義への弔鐘のように響いた。抽象表現主義は一九五〇年代には追随者と模倣者を惹きつけたものの、マンネリ化が強まり、運動の衰えを示したからである。(Buettner 146)

ただし、ギルボーの議論の底流をなすのは、フランス絵画とアメリカ絵画の根本的な相違についての見解であり、そこには文化的先進国フランスが文明先進国アメリカを見下す、というフランス知識人の古典的アメリカ観が透けて見えないでもない。以下の比較などはそれを端的に表わすものでもある。

〔……〕西洋文化を待ちかまえる凶暴な危険に立ち向かうには、パリの芸術は柔弱でまったく不向きであるように見えた。そこへ、雄々しきニューヨーク芸術が助けに駆けつけた。ヨーロッパで普通であったきらびやかなプライベート・ショーは、アメリカには存在しなかった。パリはドリーム・マシンだったのだ。パリの退廃に比べると、ポロックの真面目さは、かつてのダビデの絵画のように、再生の象徴となった。単純で粗野であることで、腐敗した君主制に対抗する新興ブルジョワを表わしていた。ポロックはその野蛮さで真実をあかし、芸術性を脇にどけてしまった。（Guilbaut 170）

言葉を補うならば、アメリカの抽象表現主義における男らしく、野蛮なほど元気な作風が、穏やかとは言いがたい戦後の状況を生き抜くのに適していた、と言いたげである。[3] そして、ギルボーは結論づける――「アメリカ芸術史ではじめて、重要な批評家が攻撃的で、自信満々で、アメリカ芸術に入れ込んだので、パリ芸術の優位にあからさまに挑戦し、ニューヨークとジャクソン・ポロックが国際芸術の場を手中におさめたと主張したのだ」（172）。

だから、ギルボーは皮肉とやっかみを込めるかのように「[……]一九四八年以後、野望にたけた画家であることとは、『抽象表現主義者』であることを意味した」（178）とまで発言する。それにしても、ギルボーの論は政治家や画家だけでなく、影響力の強い批評家にまで勝利の物語が及んでいたことを示している点で特筆に値する。

では、オハラ自身の態度はどうであったのか。

オハラはＭｏＭＡの職員として働いていたため、当然ながら抽象表現主義の画家たちと接するだけでなく、彼らの作品を論じる機会も多くあった。そして、実のところギルボーの論を裏づけるようでありながら、筆致に差異も見られる。自身の手になる絵画論『ジャクソン・ポロック』では、アクション・ペインティングについて縷々述べたあと、自分の詩でも触れたポロックの一九四八年の作品については「恍惚とし、苛立たせ、つかみかかるような力がある。画家の資質("draftsmanship")のうちに、信じられないようなスピードとたくましい解りやすさがある。そして、一見血に染まった画家の手は、絵画の主要領域から頂上部分まで進み、まるで苛烈な経験へのあとがきのようだ」(JP 24-25)と言葉を連ねる。興味深いことに、ここでオハラは"draftsmanship"という言葉を使い、技術を称賛していることである。しかも、ポロックの資質については充分語られてこなかったと述べて、「線を細くすることで速め、あふれさせることで遅め、もっともシンプルな要素、つまり線を練り上げる、という驚くべき能力」(26)があるとして、繊細な技巧をもち上げる。さらにいくつかの同時代のアクション・ペインティングについても、「その特異な性質とはその自然な野卑さである。美しくはないが、リアルではある」(26)のだと。少しあとには、抽象表現主義特有の巨大なキャンバスの大きさに言及しながら、実際にギャラリーで観たときには「印象はえもいわれぬ暴力性と野獣性。人を飲み込むよう」(29)と言いながら、それがのちの展覧会できわめて印象的に映ったのは、「暴力性が強力で個性的なリリシズムへと変質させられていた」(29)からだ、という評価をくわえている。

実際、オハラの詩はポロック的アクション・ペインティングとの言語的等価物と言われることも少なくないが、ポロックのみならずデ・クーニングとの大いなる違いが指摘されることもある――

ブライアン・グレイヴィによれば、これらの画家たちに対して、オハラがニューヨーク派詩人第二世代とともに「反旗をひるがえしたのは、抽象という覇権だけではなく、それにともなう過度にマスキュリンな芸術精神であった」(Glavey 112)。パーロフもオハラ論の新版で、彼らの「男性的パワーと権威」(Perloff xxi) にオハラは居心地悪い思いをしていたという。

一方で、ポロックよりも明らかに静的な画風のマザウェルに関してさえ「タフで、生意気で、そう、エレガント」(SS 175) と異質な面を引き出している。そして、何より「アメリカ芸術の愛郷心と地方主義」(179) を代表する、一九三〇年代の狭量で国粋主義的なアメリカ絵画からいかに脱したかを、その絵画的特徴に見出す。この視点は抽象表現主義全体にも及ぶようで、フランツ・クラインについて論じるときなどには、はっきりと「魔法にかかったかのように、われわれの感性のヨーロッパ化がようやく悪魔祓いされた」(89) とまで宣言している。となれば、実際のところ皮肉なことにまったく違った回路を通りながら結局は国粋主義にはまっていたかのようにも映る。

ちなみに、MoMA職員として奨励金を求めるビジネスレターの内容は、職業上、抽象表現主義を売り込むためのものとはいえ、オハラの評価が窺われて興味深い。一九五六年にフォード財団宛に書いた手紙では、アメリカの文化状況をもち上げようとする文言に満ちていて、とりわけハリウッド映画や広告・マスメディアの程度の低さを嘆き、同じ視覚メディアとしての絵画こそが評価されるべきだと訴えている。映画を称賛する詩も少なからず書いているだけに、ここは宣伝文であることを考慮に入れるにせよ、何といっても抽象表現主義絵画が一九五三年から五年契約の奨励金のおかげで、二二カ国、三五回の展覧会を開いた実績をたたえていることは看過できない[4]。

このように、抽象表現主義の画家たちの国際的な活躍を目のあたりにして、ヨーロッパ的ではなく、かといって狭い意味でアメリカ的に陥らない、というような表現形式に、オハラが魅せられていたことは明らかである。

政治との関わり

では、オハラは「勝利の物語」に与していたのか。

オハラの評論だけでなく、詩においてもいかに冷戦状況を扱っているかを見ていきたい。いうまでもなく、ＣＩＡによるプロパガンダ戦略は、共産圏なかんずくソ連への敵対心を煽る国家戦略の一部として、きわめて効果的にアメリカ全土に空気のように蔓延していった。作家を含む芸術家も例外ではなかった。

オハラも、詩や評論のなかで、ソ連で迫害を受けていた芸術家の名前をしばしば挙げている。そもそもソ連政府の迫害のなかにあってノーベル文学賞を受賞した作家パステルナークへのオハラの思いは、すでに挙げた抽象表現主義の解釈と通底する、という見方もある――「イデオロギーにみちた自由、というパステルナークから抽出した概念は、アメリカの抽象表現主義の読解から取り出した自由、という同じぐらい有効な考えと軌を一にしていた」(Shaw 116)。この点で、多くの詩においてパステルナークを想起させ、また呼びかけさえするオハラの発言はＣＩＡの策略と共通すると思えてもくる。
そして、オハラの共感は勝手な思い込みに根差している、という指摘に対して、ショーは次のように反駁している。

批評家たちが理解したのは、ロシア文学と音楽へのオハラの興味は、ロマン主義的な一体感の在り処、あるいは詩のために借りてくる調子づけの場のどちらか、ということだった。この問題への翻訳家ポール・シュミットの短い発言では、オハラのロシアとは、「雪と涙にまみれたロシア」〔……〕であった。マージョリー・パーロフは、より技巧的にオハラとマヤコフスキーの比較をして、ロシアとは「抒情性からおどけへの素早い移行」〔……〕のための言及点であるとする。そのような移行はオハラにはあるものの〔……〕彼の最長で、複雑きわまる〔……〕一九五三年の詩は、これらの発言が示すものより、もう少し熱を帯び、挑戦的でもある企てだ。（117）

ただ、シュミットのいう美化するような傾向も、パーロフの指摘する表現上のキャンプ性も、オハラがロシア作家に入れ込む理由としては的外れというわけでもない。というのも、オハラがロシア作家を詩のなかで喚起するやり方はシステマティックというより、あまりにも恣意的、さらには感情的でさえあるからだ。

一方で、オハラは冷戦にかかわる文学者だけでなく、政治家も詩のなかに取り入れている。一九五九年九月作の「詩」("Poem")には、当時のソ連のフルシチョフ首相が登場する。一九五九年、フルシチョフはソ連首脳としては初めて訪米し、平和共存路線に沿って国際連合総会で演説し、完全軍縮を提案するという、第二次世界大戦後としては画期的な出来事を演出している。だが、時のアイゼンハワー大統領との前代未聞の親密な交渉があったため、国際紛争の平和的解決についての合意をへて、冷戦の緩和が進むかと思われた直後、再び緊張状態に戻る、という後日談も忘れてはならないが。いずれにせよ、オハラにしては、めずらしく時事的と映る作品なのである。

Krushchev is coming on the right day!
                                        the cool graced light
is pushed off the enormous glass piers by hard wind
and everything is tossing, hurrying on up
                                        this country
has everything but *politesse*, a Puerto Rican cab driver says
and five different girls I see
                    look like Piedie Gimbel
with her blonde hair tossing too,

as she looked when I pushed
her little daughter on the swing on the lawn it was also windy

last night we went to a movie and came out,
Ionesco is greater
than Beckett, Vincent said, that's what I think, blueberry blintzes
and Khrushcev was probably being carped at
in Washington, no *politesse*
Vincent tells me about his mother's trip to Sweden
Hans tells us
about his father's life in Sweden, it sounds like Grace Hartigan's
painting *Sweden*
so I go home to bed and names drift through my head
Purgatorio Merchado, Gerhard Schwartz and Gaspar Gonzales, all
unknown figures of the early morning as I go to work

where does the evil of the year go

when September takes New York
and turns it into ozone stalagmites
deposits of light
so I get back up
make coffee, and read François Villon, his life, so dark
New York seems blinding and my tie is blowing up the street
I wish it would blow off
though it is cold and somewhat warms my neck
as the train bears Krushchev on to Pennsylvania Station
and the light seems to be eternal
and joy seems to be inexorable
I am foolish enough always to find it in wind

（CP 340）

フルシチョフが良い日にやってくる！
涼しく魅惑的な光が
巨大なガラスの壁から強風に押し出され
ありとあらゆるものが揺れ動き、あわてふためく

この国には
何でもあるが礼儀《ポリテッセー》がない、とプエルトリコ人のタクシー運転手が言うと
目に映る五人の異なる少女たちも
金髪をゆらして
ピーディ・ギンベルのよう
そんなふうに彼女が見えたのは、ぼくが
彼女の小さな娘を芝生のブランコで押したときのこと　そのときも風が強かった
夕べぼくたちは映画に行って出てくると
イヨネスコはベケットより偉大だ
とヴィンセントは言った、思うよ、ブルーベリー・ブリンツ
フルシチョフはおそらくワシントンで
いちゃもんを付けられていて、礼儀《ポリテッセー》もなく
ヴィンセントは自分の母親のスウェーデン旅行について話す
ハンスは自分の
父親のスウェーデン生活について話す、まるでグレース・ハーティガンの
『スウェーデン』という絵のよう

それでぼくは帰って床につくと次々に名前が頭を
よぎるパーガトリオ・マチャド、ゲルハルト・シュワーツ、ガスパー・ゴンザレス、
どれも早朝出勤の時の見知らぬ人々

今年の悪はどこに行くのか
九月がニューヨークをつかまえ
オゾンの石筍に
光の沈殿物に変えるときには
だから家に取って返し
コーヒーを淹れ、フランソワ・ヴィヨンを読む、彼の人生はとても暗い
ニューヨークはめくるめく様相でぼくのネクタイは町中ではためく
ふき飛んでしまわないものか
ただし寒くてなぜかぼくの首を温めてくれるのだが
という間に列車はフルシチョフをペンシルバニア駅まで運び
そして光は永遠のようで
そして喜びは止めがたいようで
ぼくは愚かにもいつもそれを風のなかに見出す

冒頭、まずフルシチョフのアメリカ訪問が事件として告げられる。そして、なぜ訪問のために「良日」（"right day"）なのか、それが語られることに期待を抱かせる。この日の様子を描写する続く二行では、詩のモチーフとなる光と風が挙げられる。"glass piers"とは、マンハッタンの摩天楼に言及しているとも取れる。強い風が吹いて、ものみな巻き上げ、急かし、何か不穏な、あるいは尋常ならざる雰囲気が町にただよっているかのようだ。

ところが、次の行になると、オハラの常道ではあるものの話は脇道へと逸れて、この国には礼儀正しさが欠如している、とプエルトリコ人のタクシー運転手が指摘する。フルシチョフを迎えるための礼儀がなっていない、とも解釈できそうだが、直後にはまた話が飛んで風の強さが想い起こされ、タクシーの窓から見えたのか、五人の少女がブロンドの髪を吹きあげられるさまに視点が移る。

さらに話は変わって、「前夜」友人と映画を観に行ったことが回想されるが、それでもさすがに意識はフルシチョフのことに戻り、ワシントンで「いちゃもんを付けられて」いると想像する。だが、すぐに友人との会話に逆戻り……とはいえ、これさえも「スウェーデン」という繋がりをかろうじて保つだけのこと。フルシチョフのことは、かくて忘れさられる。

そして、いくつかの名前が脳裏をかけめぐったあと、ふと現実に立ち返るかのように

と呟くとき、フルシチョフのことに言及しているのかもしれないが、もっと普遍的な含みがあるようだ。かくも決定不可能におちいるのは、コンテクストの与えられないオハラ独特の書き方のためで、曖昧さがきわ立つ。そして、ちょうど「現在」、つまり九月のニューヨークは「オゾンの石筍」（"ozone stalagmites"）に喩えられ、そこに「光の沈殿物」（"deposits of light"）が同時に存在するなどと語られると、化学的なイメージを駆使しながら摩天楼に射す光への言及とも思えて、冒頭の記述へ戻るかのようだ。

次に、語り手は視点を自室に向け、読みかけと思われるヴィヨンの人生の暗さに滅入った直後、対照的にめくるめくニューヨークのイメージにくわえ、外界の光と風の圧倒的な力に注意が向けられる。そして、寒いが首は温まる、という感覚麻痺状態（？）を味わったのち、フルシチョフがようやく再考される——ワシントンDCから遂にニューヨークにやって来た、ということで冷戦の象徴的人物が近づいてくることを意識する。だが、この話題もそこまでで、光は永遠なり、などと宗教的な雰囲気をただよわせ、同じ口調で歓喜は"inexorable"つまり「止めがたく」、最終的に生きる喜びに浸るわけだが、どちらの行でも"seem"と限定的であり、しかも最終連が暗示するようにそれを風のうちにしか見出しえない点で「愚かしい」（"foolish"）と自嘲気味にこの詩は締めくくられる。

このように、個人的で散漫で、それゆえ曖昧な書き方、というオハラの特徴がよく出ていて、光のなかにこの詩人特有の「生きる喜び」(joie de vivre)を感じながら、愚かにも風のなかにそれを見出す、ということは、変わりやすいものの象徴としての風ゆえに、そんな気分も一瞬だけ、ということになる。だからこそ、冷戦の暗さを身をもって感じていると取れないこともないが、むしろ決定不可能な、つまりどのようにも解釈できる書き方そのものの優性は否定しようがない。時事的な話題から発語しながら、それは霧散していくばかりで、この詩において政治性が追及されているとはいえない。

一方、マイケル・デイヴィッドソンはこの詩にフルシチョフへの言及が多いこと自体に着目する。まず、「〔……〕『彼らから一歩離れて』("A Step Away from Them")や『レディの死んだ日』("The Day Lady Died")のような詩では、日常的なものが最終的にメメント・モリを縁取る一方で、〔"Poem"では〕そのような無原則な細部もニュース・アイテムとしてのフルシチョフへの言及によっていつも区切りをつけられる」(Davidson 67)と述べ、さらには「もしフルシチョフがブルーベリー・ブリンツとスウェーデンでの休暇に挟まれてぼやけるとしても、常に見えていて、ゆえに全景の一部なのである」(67)とも付け加える。このように、オハラにしては珍しくテーマ性が貫かれていることを強調する。ここまでの、たとえばパーロフに代表される非政治的なオハラ、という見方を、とりわけ詩の最終パートに留意しつつ、覆そうとするのである。

この詩は「フルシチョフについてのものではない」というマージョリー・パーロフの意見

に同意してもいいが、それでもフルシチョフが些細な存在として描かれているとは思わない〔……〕むしろ、ロシアの首相を、その周りに日常性を構築するための重要な文化的サインとしてオハラが認めているのがわかる。フルシチョフが良い日に来ることを望むことが必要だとしたら、この人物が中心にいるという条件によって、良いか悪いかがわかるのだ。ソ連の首相の文化的意義があるからこそ、最終部分は黙し、祝祭的とはならない。 (67-68)

これに首肯できなくもないが、やはりフルシチョフのことが個人的な状況と内省のなかに徐々に埋もれていくと見た方がいい。むしろ、話題にしながら中心的に扱わないことで、その存在を無視しているとも解釈できる。そうなると、あまりにもさりげない題名としての「詩」――オハラには抽象表現主義の画家たち同様、実質的な「無題」が多い――が与えられていることにも深い意味を読み込みたくなる。フルシチョフのアメリカ訪問という歴史的大事件さえも、中心的なテーマとして扱う気はさらさらなく、もち上げるふりをして、あとは見向きもしないからである。

II　ホモフォービアに圧されて

封じ込め政策の裏側

このように、オハラは詩のなかで冷戦さなかの重大事件に筆を向けながらも、曖昧にぼかしてしまう。それゆえ、反共的な姿勢はそこここに垣間見せながら、「勝利の物語」というバンドワゴンには乗ったとは言いがたい。実のところ、それはオハラが同じ反共のスピンオフともいえる政策によって、潜在的な被害者であったことと関係するのかもしれない。というのも、反共のヒステリックな面の象徴である「封じ込め」(containment) 政策は、広がりゆくソ連の力を封じ、返す刀で国内における同性愛嫌悪、さらには排除をも同時に盛りこんだ点で、大いなる差別を蔓延させていたからである。外を統制するなら、内も統制すべき、というわけである。(5)

社会状況から一例だけ挙げるなら、一九五三年、アイゼンハワー大統領は「性的倒錯」が連邦政府の公務から追放する十分な根拠となりうる、という決定に署名した。そのおかげで、次のような事態が出来した。

> 続く十六カ月、少なくとも六四〇人の同性愛者が政府の雇用からはずされた。その数字はおそらく真の数を下回っているだろう。なぜなら、多くの者はそのセクシュアリティを打ち明けるよう強制されるまでもなく退職するに任されたからだ。(Kaiser 135)

これだけでもヒステリックな空気をうかがい知ることができる。

文学側からの抵抗、そして反撃としては、同性愛が実行可能で、必要で、さらには受け入れられるように書かれた小説もあり、ゴア・ヴィダルの一九四八年の小説『都市と柱』(*The City and the*

Pillar）がその嚆矢と目される。しかも、ベストセラーとなったことで、同性愛という主題をクローゼットから引っ張り出すことにもなった。だが、一九五〇年代に入り、冷戦の激化のもたらす閉塞的な時代に入ると、黒人で、ゲイで、さらには貧困にも苦しむジェイムズ・ボールドウィンの二番目の小説『ジョヴァンニの部屋』（*Giovanni's Room*）は、出版を拒否される憂き目に遭っていた。その同性愛的な主題ゆえにクノップ社が法的措置を恐れたからであり、エージェントも原稿を燃やすように忠告さえしていた。結局、一九五六年にイギリスでまず出版され、ニューヨークでも同年にダイアルプレスから出されたが、ボールドウィンはＦＢＩにマークされる羽目になり、その書類は実に一三〇二ページに及んだという。

さらに、ジャーナリズムに目を向けるなら、一九五三年に『ワン』（*One*）という全米初のゲイ雑誌がロサンジェルスで発刊され、しかも二五セントという値段で、路上で売り出されることになり、翌年十月には合衆国郵政省が「猥褻」と判断して配達を拒否する、という事態があった。それでも、後年この雑誌の変遷を回想した『仮面をつけた声たち』（*Masked Voices*）に寄せられた手紙によれば――

これらの手紙は、生活、評判、家族関係をおびやかす社会的・政治的・文化的な力を、無数のレズビアンとゲイのアメリカ人がいかに切り抜けたかを綴っている。大半のゲイのアメリカ人が一九五〇年代および一九六〇年代初期に恐怖のうちに「クローゼット」でちぢこまっていたという考えが支配的だとしても、手紙はこれと相容れない。この時代にゲイの人々が「クローゼットに隠れていた」と決めつけることは、歴史を無視した単純化であり、ゲイの人々がおのれを表わす言語と齟齬をきたす。（Loftin 4）

このように、発言すべき人間はクローゼットを出て発言していた。

だが、アメリカにおける地域差も加味しなければならない。「フェアリー文化は、一九一〇年代、二〇年代に自由奔放な雰囲気のグリニッジ・ヴィレッジや黒人ハーレムで発展」したが、「一九三一年に禁酒法が廃止されることによって、ゲイとレズビアンに対する抑圧の十字軍が開始されて、家庭性を重視する異性愛の生活を送っていた人びとと対比されるようになり、同性愛者は退廃的と見なされるようになった」（ローズ 四八）。自由な場所だからこそ、ゲイ文化が栄え、それに対する反動も大きかったことは想像に難くない。そして、ニューヨークのグレニッジ・ヴィレッジでのゲイバー手入れとそれに伴う暴動、いわゆるストーンウォール事件が一九六九年に起きるまでこの抑圧は一方的なものであった(6)。

そんななか、オハラも「ホモセクシュアリティ」（"Homosexuality"）という直截的な題の一編を書いている。一九五四年、『ジョヴァンニの部屋』出版に先立つこと二年前のことで、一見するといかにも規則的なカプレット（二行連）のうちに淡々と書き継がれていく。

So we are taking off our masks, are we, and keeping
our mouths shut? as if we'd been pierced by a glance!

The song of an old cow is not more full of judgment
than the vapors which escape one's soul when one is sick;

(CP 181)

それでぼくたちは仮面を取りさって、口をつぐんで
いると？　一瞥に突き刺されているかのように！

年寄り牛の歌だってそこまで決めつけることはない
病のときに魂から抜け出す蒸気ぐらいのもの。

のっけから正直な発言で始まる。だが、マスクは取ったとしても、口は閉ざす、というのだから、どっちつかずの態度ではある――たとえ、外界からの視線に貫かれている、という強い自意識はあるとしても。

第二カプレットに移ると、どこか寓意的な書きぶりながら、それは実際には暗号めいていて安易な解釈を許さない――牛の歌とその判断、それと比較されるのが病のときに精神を抜け出る蒸気、

とは？　続いて見ていこう。

so I pull the shadows around me like a puff
and crinkle my eyes as if at the most exquisite moment

of a very long opera, and then we are off!
without reproach and without hope that our delicate feet

will touch the earth again, let alone "very soon."
It is the law of my own voice I shall investigate.

(CP 182)

だからぼくは影を身のまわりにふわりと引き寄せ
長大なオペラの極上の瞬間のように満面の笑みを

浮かべ、そして出発だ！
恥辱もなければ、希望もないまま、ぼくたちの繊細な足はまたもや大地を踏む、言うまでもなく「今すぐに」。
ぼくが調査するのはぼく自身の声の掟だ。

だが、第三カプレットからは筋道が見えないでもない。まず「影を引きよせて纏う」ということで自己の性的志向についての秘密を守るようでありながら、それはまるで「ふわり」(“puff”)とした軽い気体のごとくだとしたら、第二カプレットの「魂から抜け出す蒸気」とも呼応しつつ、さほど目立たないものを暗示しているかのようだ。そして、第四カプレットに進むと「長大なオペラの極上の瞬間のように満面の笑みを浮かべる」(“crinkle my eyes”)わけだから、劇的な瞬間への喜びを表わしていて、次の「出発だ!」、というポジティヴな決意へと徐々にいたるかのようだ。ただし、第一カプレットの表明を裏づけるかのように、そんな行為について恥じらいはない一方で希望もない、という抑制された気分を補足することは忘れない。

それを引き継ぐかのように、自分の声の法則を調査する、という第五カプレットの言葉は、差別に遭っても独自の生き方をひたすら探究する、という頑強な意思ともとれる。

I start like ice, my finger to my ear, my ear
to my heart, that proud cur at the garbage can

in the rain. It's wonderful to admire oneself
with complete candor, tallying up the merits of each
of the latrines.

(CP 182)

ぼくは氷のように始めて、指を耳にあて、耳を
心にあてる、雨に濡れてゴミの缶をあさる
野良犬よろしく。何のてらいもなくおのれに敬服するのは
すばらしいことで、簡易トイレ一つ一つの長所を
挙げていく。

だから、第六カプレットは最初から氷のように冷徹に出発し、指で耳をふさぎ、聴くことは心に任せることとで、周囲との関係を断ち切ると宣言している、と考えられる。その意味では、「雨に濡れてゴミの缶をあさる／野良犬」という比喩は現状を冷静に捉えているが、それでもこの犬が少なくとも矜持をもつことも付け加えられる。

さらに「何のてらいもなくおのれに敬服するのは／すばらしい」、とまで言い切るのが第七カプレット。だが、その最後から話は率直かつ激烈になる。

　　　　14th Street is drunken and credulous,
53 rd tries to tremble but is too at rest. The good
love a park and the inept a railway station,
and there are the divine ones who drag themselves up
and down the lengthening shadow of an Abyssinian head
in the dust, trailing their long elegant heels of hot air
crying to confuse the brave "It's a summer day,
and I want to be wanted more than anything else in the world."

（CP 182）

　一四丁目のは酔いどれて騙されやすく
五三丁目のは震えようとするものの落ち着きすぎ。善人は

公園を、無能者は鉄道駅を好み
神聖なる者は埃にまみれてアビシニアの頭の

のびゆく影のなかをよたよた歩き、彼らの熱気の長く
優雅な踵を引きずり

叫んでは勇気ある言葉を乱す――「今は夏の日で
ぼくは世界で何よりも求められることを求める」。

激烈、と言ったが、それは第七カプレットの最後から、第八カプレットへ、そして一気に最後まではゲイ社会の習俗がかなり大胆に描写されるからだ。「これは今にも始まりそうなゲイ『クルージング』探訪を予言している」(Parker 98)、とアリス・C・パーカーは解読し、実際ニューヨークにおいては「クルージング」すべき場所が指定されることを示唆する。つまり、公園を選ぶ「善人」と鉄道の駅を選ぶ「無能者」との違いだという。

だが、第十カプレットでは、そんな大胆さが結局のところは曖昧さへと道を譲る。というのも、善人とも無能者とも異なる「神聖なる者」がいきなり出現し、「アビシニアの頭の／のびゆく影」

を追って足を引きずる、という奇天烈なイメージが使われる。このあたりから、中盤のような比較的率直な物言いはやはり姿を消すのだが、パーカーは次のように論じる。

そして、「神聖なる者」、つまり「ドラッグな」異装者はおのれを引っぱり〔……〕熱い空気の長く優美なかかとを引きずっていく。「熱気の長く／優美な踵」はもちろん、異性装者の履くハイヒールシューズへの言及である。しかし、これはまた黒いペニスが「のびゆく影」へと「沈殿せる」ことへの言及でもある。つまり「アビシニアの頭の／のびゆく影のなかをよたた歩き」、しかも彼らが「踵」を彼らの背後に置くか、「引きず」るというのは、そのときに異性装者がフェラチオをしているのである。（100）

"drag" の言葉遊びも交えつつ、大胆な解釈である。なるほど、前後関係から考えればそれも可能かもしれないが、ではなぜそれが「神聖なるもの」なのか、パーカーは決して説明しようとしない。たとえば、それを直前に登場する二種類の同性愛者など超越した詩人、つまりオハラにとっての「神聖」な存在と考えるなら、感覚を麻痺させ、見者としての詩人たることを宣言しながらも二十代を迎えるや早々と詩を捨ててアフリカはアビシニアを彷徨したランボーを想起しつつ倣うこと、と読むことだって許されるのではないか。もちろん、セクシュアリティの問題からはずれるが、表現そのもの、そして表現同士の関係がシュルレアリスティックに展開するこの詩の語りには当てはまる。

このイメージは最終カプレットまで引きずられて、ゲイの意匠を重ねるかのようにシェイクスピアのソネット十八番（「君を夏の日に喩えようか……」）をも想起させる――夏の日に求められることを求める「勇気ある」者たちを混乱させるために叫ぶ……。パーカーによれば、叫んでいるのは「異性装者」であり、「勇気ある」者たちとはマスクを取った同性愛者、となり、前者は一時的な性的関係を求め、後者は恒久的な性的関係を求める、という違いがあり、それでも「われらの社会の同性愛者はみな〔……〕基本的には純粋なるサバイバーであることを〔……〕強いられる」（102）と結論づけ、両者に差異はないと主張している。しかし、最終カプレットの言い回し自体が両義的であることは看過できない。再度このカプレットを引用する。

crying to confuse the brave 'It's a summer day,
and I want to be wanted more than anything else in the world.'

となっており、「こんな夏の日に」以下が「勇気ある言葉」なのか、それとも「叫び」の内容なのかは不確定にされたままだからである。

ゲイ詩人？

　こうして、ゲイであることを隠蔽しないようにみえても、常に留保をつけ、直接的な表現をまじえつつも曖昧さをまぬかれることはなく、結局最終カプレットに至っても確たる発言に到達することなく終わる。だから、冒頭のどっちつかずの態度は最後まで保たれる。すでに論じたフルシチョフの詩においては、恣意的でなにより軽妙に配置されたかのようなタイポグラフィがあり、それに対応するような洒脱な語りのうちに話題と主題がぼやけていくのに対して、「ホモセクシュアリティ」では厳格かつ堅実と映るカプレットを使い（行をまたぎ、また脚韻がないために緩やかであるとはいえ）、タイトル通りの主題を貫いていくのだが、それでも決定的な立場を表明するには至らない。

　そして、このような正面切った詩ではないにせよ、ゲイであることを示すような表現は全詩集の所々に散見され、隠す、という気持は微塵もないように見えて、だが、あえてそれを前面に出そうという意図も実のところ見受けられないのである。

　オハラはそもそも「隠さない詩人」という定評を得ていた。ケイレブ・クレインによれば、おとなしくて掴みどころがないはずの「隠すゲイ詩人」とは異なり、豪胆でエゴにみちた「オハラのゲイ・ペルソナ――怒りと欲望を表現し、全き感情の存在することを主張する――はゲイ・スタディーズでも注目に値する」（Crain 287）と決めつける。

一方、アメリカのゲイ詩人研究の先駆ともいえる一書において、ロバート・K・マーティンはその系譜からオハラを外している——「ホモセクシュアリティを隠そうとしたという理由からではなく（彼の会話的な詩では頻繁に取り上げられる）、私の考えではホイットマンやクレインのように自己規定の要素としてホモセクシュアリティを使わないからである」（Martin xix）。これに対して、トマス・Y・イングリングはハート・クレイン研究のなかで反駁し、「フランク・オハラほど自己の構築に意識的な詩人を読んでおきながら、主体性の探求にホモセクシュアリティが中心的でないなどと思うことにはかなり無理がある」（Yingling 16）と批判する。そして、マーティンの読みは歴史的な意義をもそこなう、と続けて付言するとき、オハラが冷戦初期に生きていたことの重要性を強調するかのようだ。

それに対して、視点を少し移してみるのはデイヴィッドソンで、「ぼくがこれをやり……」の詩の軽さと無頓着さを指摘しながら、そこにむしろゲイ詩人としての意義を見ようとする——「［……］オハラのキャンプ的調子は、ホモセクシュアル的アイデンティティを軽視するどころか、その公共的な存在、さらにその反抗と逸脱の可能性さえ表わしている」（Davidson 110）。詩的スタイルのもたらす反抗と逸脱、ということでいえば、実のところオハラ自身の、むしろセクシュアリティを超えたより広範な発言が想起されてもよい——「いわゆる標準的・社会的な日常的存在が成功をおさめるとしても、二通りの意味においてのみ——時間を過ごすこと、そして創造的な衝動を抑えつけること」（EW 101）。つまり、セクシュアリティへの直接的な言及ではないものの、芸術家にとって「標準的であること」(normalcy)とはそもそも否定されるべきだ、というのである。封じ込め政策が国民に思想性のうえでも、性的傾向のうえでも、標準的であることを押しつけていた時代に、オハラは静かに、しかし敢然と反旗をひるがえしていたことになる。

そうなると、デイヴィッドソンが「キャンプ」という概念を持ち出してきたことは興味深い。キャンプという美学について、最初のまとまった論考はスーザン・ソンタグの一九六四年のエッセイ、「キャンプについてのノート」("Notes on 'Camp'")であり、以後この語が市民権を得ることになった。それによれば、基本的には内容よりもスタイルのほうが重要である、ということ。道徳より美学、なのである。さらなる特徴としては、遊びに満ちていて、真面目さに対抗する、あるいは軽薄なことに真面目、真面目なことに軽薄、というアプローチである。となれば、「オハラやアッシュベリーは遊戯的に真剣("playfully serious")」(Lehman 354)という評言は彼らのキャンプ性をたくみに説明している。とりわけ、オハラの詩の弾けたような物言い、突飛な連想、唐突な話題の飛躍、などはまさにキャンプ的である。

そして、この美学はほぼ必然的に同性愛とも結びつけられてきた。それでも、シルヴァーバーグはそんな傾向に異議を唱え、付随すべき特徴というよりも、キャンプ的美学そのものの幅の広さを見るべきであると主張する。それゆえ、オハラのキャンプ性とは、「エリート的な思いこみだけでなく、ブルジョア的なセクシュアリティの観念」(Silverberg 141)にも挑戦することと結論づける。そして、指摘する。

キャンプの標準が強調したのは、過去と決別することではなく、過去を再構築することだった――様式化し、誇張し、芝居がかったものにすることによって。通常は真面目さを芸術の評価基準とするものだが、その代わりにキャンプは、途方もなさ、不自然なものへの好み、装飾的なものへの嗜好、といったものに価値を置くのであり、深遠さと内容よりも、浅薄さとスタイルとに重きを置く。(142)

オードやエレジーをはじめ古い型式を使いながら、それを内側から破壊していくようなオハラに、この言い分は当てはまる。まさに、セクシュアリティへの限定を超えて「標準」であることの危険に対する挑戦なのであり、「彼〔オハラ〕にとって閉塞を示すような社会的・芸術的なパターンから故意に逃げることで、ゲイ全体の解放ではないにせよ、その独立についての範例を示した」(Kikel 348) というのは少し違う。運動を起こす気など毛頭ないことは明らかだし、さらに言うなら「独立」ですら、少なくとも「ホモセクシュアリティ」からは読み取ることができない。そして、これこそがオハラなりの挑戦なのだ。

隠さないが、主張しないままさらりと詩を終える、という淡白な語りに徹することこそこの詩人の真骨頂である。とするならば、フルシチョフの詩同様に、「ホモセクシュアリティ」でも主題らしきものは掲げつつ、最終的に曖昧かつ散漫な言いまわしで締める――いや、締めるつもりさえない——ところに、オハラの「政治性」を見ることができる。

結び

フランク・オハラは冷戦初期の国家戦略の膝元で美術館職員／詩人として生きるなか、ある意味ではそれに加担し、一方では確実に犠牲になっていたことを思えば、複雑きわまりない立場に身を置いていたことになる。それでも、声高に支持することも反抗することもなく詩行を書き続けていた。曖昧に終わらせるところは態度表明をいつも保留するところから来る。一方で、キャンピーなスタイルそのものを思えば、それは標準への反抗、そしてそこからの逸脱でもあった。

抽象表現主義の画家たち、といっても一括りにできないほど多様ではあるが、それでも全般に言えることは主題を追求しないまま即興的に描き、そのプロセス自体をむしろ重視するという表現法を特徴としていたわけで、それにオハラが影響され、また自分の詩に取り入れようとしたことは疑いえない。そして、即興には自由の謳歌と国家システムからの逃走、という二重の意味合いがある、ということは、まさにこの時代の社会における二重性を反映していることにもなる。

その一方オハラは非政治性にしても抽象表現主義の画家たちに倣っていたわけだから、同じように即興性を重視しながらも、社会性を前面に押し出そうとしたビート派の詩風とは一線を画す。ジョナサン・カラーは『抒情詩の理論』(*Theory of the Lyric*)のなかで、抒情詩と社会性という問題に切り込みながら、社会的とみなされる作品において、その一部のみに焦点が当てられることで、全体の意味を歪曲し、さらに政治的に利用される危険が散文よりも詩に多いと指摘し、とりわけその危険が「誇示的」（epideictic）な詩に多い、と警鐘を鳴らす（Culler 340-347）。その視点から見れば、オハラの非誇示的な詩が異なる形での反抗と逸脱を示すことは興味深いし、その意味で「政治的」なのである。もちろん、ＭｏＭＡで働いていたオハラがＣＩＡの陰謀に気づいていたかどうかは知る由もない。さらに、投資目的のために天文学的な数字で取り引きされることも少なくない絵画の世界と、売れない書物の代名詞でもある詩集のそれとを同じ次元で比べることに問題はあるものの、いやだからこそ、オハラは画家たちよりは自由で中立的な態度を貫けたとも考えられる。

アッシュベリーは一九六八年に「見えない前衛派」（"The Invisible Avant-Garde"）と題する講演をおこない、前衛芸術家がかつてよりも受け入れられるようになったことを認めながら、芸術家の社会に対する態度を、あたかも自分のみならずオハラも含めるかのように、「受け入れもしなければ、受け入れることを拒みもせず、そんなことからは独立している」（394）と規定し、作家の中立性を主張した。しかも、これはヴェトナム戦争への反対運動が多くの詩人によっても盛んにおこなわれていた時期のことで、それに先立つ一九六六年には、アッシュベリーがオハラへの追悼文において運動を拒否するオハラの立場を称賛した。すると、多くの詩人たちが戦争のために活動しているというのに行動の欠如をたたえるとは何ごとか、と詩人のルイス・シンプソンが反論した。それに対して、今度はアッシュベリーが次のように反論した。

フランク・オハラの詩にはプログラムがないので、それゆえ連帯することはできない。〔……〕ヴェトナム戦争に反対したり、公民権に賛成したり、ということで声を張り上げたりもしない〔……〕要するに、権威者を攻撃したりはしない。ただ、その存在権を無視するのであり、どんな種類の党派にとっても苛立ちの元となるのだ。

（"Frank O'Hara's Question" 81）

プログラムのなさ、とは上に述べた自由さの言い換えに他ならない。しかも、きわめて政治的なビート派への強烈なあてこすりを込めつつ、「無視」が「脅威」となる可能性を強調したことは、オハラのみならずニューヨーク派詩人第一世代（四人のうち三人がゲイ）のための弁明ともなっている。

第三章　ラフマニノフ、フェルドマン――オハラと音楽

フランク・オハラは、画家以外にもさまざまな芸術家に囲まれていた。ダンサーと私生活をともにした期間も短くない。そして、音楽家との交流も少なからずあった。そもそも幼少からピアノを習い、ハーヴァード大学も最初は音楽専攻で入学したこともあり、詩のなかで音楽のことも頻繁に言及される。だが、オハラと音楽の関係についてはこれまであまり論じられてこなかった。

ずばり「音楽」（"Music"）と題された一九五四年の一編は、前章でも触れた「ぼくがこれをやり……」に属する詩である。そのなかでも、ＭｏＭＡに勤務していたオハラが、昼休みにランチを食べに行きがてらマンハッタンの通りで目についたものをひたすら書きこむというのがその典型で、「ランチ・ポエム」というサブジャンルと見なすことができる。のちに、シティ・ライツ・ブックスを経営するビート派の詩人ファーリンゲティの求めに応じて詩集を出したときには、『ランチ・

ポエムズ（*Lunch Poems*）』（一九六四）と題している。裏表紙には「ランチこそ一番好きな食事」と広言してはばからない。もちろん、さしものオハラも歩きながら書くことはかなわず、オフィスに帰ってから書きおろすか、途中でオリヴェッティのショールームに寄ってタイプライターを試すふりをしながら打ち出すかしていたようだ。

ただし、飄々としたランチ・ポエム群とは意匠を異にするこの詩では、晩秋のやや重苦しい空気にふれた感懐がニューヨークの風物を借りて語られるなか、音楽がそのトーンを表象している。冒頭より――

　If I rest for a moment near The Equestrian
pausing for a liver sausage sandwich in the Mayflower Shoppe,
that angel seems to be leading the horse into Bergdorf's
and I am naked as a table cloth, my nerves humming.
Close to the fear of war and the stars which have disappeared.
I have in my hands only 35¢, it's so meaningless to eat!
and gusts of water spray over he basins of leaves
like the hammers of a glass pianoforte.

（CP 210）

もしルーズベルト騎馬像の近くで一息ついて
メイフラワー・ショップでレバーサンドイッチを買おうと立ち止まるなら
あの天使は馬をバーガドーフ・デパートへと連れて行くようだし
ぼくはテーブルクロスのように裸で、神経はブーンとうなっている。
戦いの恐怖と消えた星々に近く。
手には三五セントしかなくて　食べるなんてもってのほか！
そして水が激しく噴き出して葉のたまりをおおう
ガラスのピアノのハンマーのように。

歩行の通過地点を挙げ、“and”を連ねた並列的な書き方、というのも「ぼくがこれをやり……」の常道で、めざす店と品もしっかり記録されるのだが、今回は金欠のために買うことがかなわない、といういささか情けない状況。「テーブルクロスのように裸」ということは、まっさらで包み隠すこともないような心境だとすれば、この詩人特有のオープンな正直さがにじみ出ている。続く神経の「ブーン」といううなりもオハラがよく使う表現で、この詩人特有のピリピリとした緊張を表わしている。

続いて、天使が馬（ルーズベルト騎馬像の？）をいざなうところは、黒人霊歌の「ゆったり揺れよ、やさしい馬車」を思わせたりもする。だが過酷な労働に苦しんで天国での休息を求める黒人奴隷たちを迎えに来るはずの天使が、ここでは高級デパートへと向かうわけだから、世俗的で何より消費主義的で、オハラのランチ・ポエムにお決まりの方向性でもある。だが、今回はサンドイッチさえ買えない苛立ちがある。それに輪をかけるのが、水が葉だまりに吹きつけるというミッドタウンらしい騒々しく落ち着きのない光景で、「ガラスの」（硬質でもろい？）ようなピアノの音に喩えられる。

　さらに、後半にいたっても

Clasp me in your handkerchief like a tear, trumpet
of early afternoon!

ぼくを涙のようにハンカチのなかに握りしめよ、午後早くの
トランペット！

となって、悲哀がトランペットの音にやはり喩えられている。

　こうして、この詩では五感を刺激する音楽が語り手のムードを効果的に代弁しているが、オハラの音楽詩をさらに見ていくにつれ、事はそう単純ではないことが明らかとなる。やはりオハラの詩学形成に関わるからである。

ビリー・ホリディ

オハラが音楽に言及する詩のなかで、もっとも有名な作品といえば、ジャズ歌手ビリー・ホリディのためのエレジー、一九五九年作の「レディの死んだ日」にとどめを刺す。これも典型的なランチ・ポエムで、冒頭から日時を刻みつけ、その日の出来事を書きこむ——まるで中学生の日記のように。

It is 12:20 in New York a Friday
three days after Bastille day, yes
it is 1959 and I go get a shoeshine
because I will get off the 4:19 in Easthampton
at 7:15 and then go straight to dinner
and I don't know the people who will feed me

（CP 325）

十二時二十分、ニューヨーク、金曜
パリ祭から三日後、そう
一九五九年ので、ぼくは靴を磨いてもらいに行く

なぜかって七時十五分発イーストハンプトン四時十九分着の
電車に乗りまっすぐ夕食に向かうんだから
　でも誰が食事を作っているんだろうな

そして例によって天候の様子と昼食の中身が告げられてから、町なかで目にしたものが次々に活写される。

I walk up the muggy street beginning to sun
and have a hamburger and a malted and buy
an ugly NEW WORLD WRITING to see what the poets
in Ghana are doing these days

　　　　　　　　　　I go on to the bank
and Miss Stillwagon (first name Linda I once heard)
doesn't even look up my balance for once in her life
and in the GOLDEN GRIFFIN I get a little Verlaine
for Patsy with drawings by Bonnard although I do
think of Hesiod, trans. Richmond Lattimore or

Brendan Behan's new play or *Le Balcon* or *Les Nègres*
of Genet, but I don't, I stick with Verlaine
after practically going to sleep with quandariness
(CP 325)

蒸し暑い通りに日が射しはじめ
ハンバーガーと麦芽飲料を買い
表紙の冴えない『新世界文学』誌を求めてガーナの詩人が最近どんなものを
書くのかを見る

つづいて銀行へ
スティルワゴン嬢（名前はリンダだったかな）は
生涯一度もぼくの残高を調べてもくれず
ゴールデン・グリフィン書店で薄っぺらなヴェルレーヌ詩集を
ボナールの挿絵入りでパッツィのために、ただリッチモンド・ラティモア訳の
ヘシオドスもいいかなとかブレンダン・ビーハンの
新しい戯曲とかジュネ作『バルコン』とか『黒んぼたち』とか
でも、だめだ、ヴェルレーヌで初志貫徹
迷って本当に寝ちゃいそうになった結果だけど

目についたものを順番に列挙していくとき、それは恣意的な選択であるとしても、意図と必然という力が働くことはあまりなく、むしろ歩くことそのものの感覚が前景化されるのも特徴的だ。

ようやく題名の意味が明らかにされるのは、最終局面を迎えてからのこと。

and for Mike I just stroll into the PARK LANE
Liquor Store and ask for a bottle of Strega and
then I go back where I came from to 6th Avenue
and the tobacconist in the Ziegfeld Theatre and
casually ask for a carton of Gauloises and a carton
of Picayunes, and a NEW YORK POST with her face on it

(CP 325)

そしてマイクにはパーク・レーン酒店に
入ってはストラガを一本買って
それから出発点の六番街へ
戻ってジークフェルト劇場内のタバコ屋に行き
何とはなしに買うのはゴロワーズ一カートンとピカユーンも

一カートン、そして『ニューヨーク・ポスト』紙に彼女の写真
劇場の中か、外か、目にした新聞にはジャズ歌手のビリー・ホリディの死亡記事の見出しが踊っていたのである。

ここから、語り手はフラッシュバックのうちに、かつてジャズクラブで彼女を聴いた場面を回想する。

and I am sweating a lot by now and thinking of
leaning on the john door in the 5 SPOT
while she whispered a song along the keyboard
to Mal Waldron and everyone and I stopped breathing

(CP 325)

そしてぼくは今や汗だくで、思い出すのはファイヴ・スポットの
トイレのドアに寄りかかっていると
彼女はマル・ウォルドロンのピアノに合わせて
囁き、ぼくと誰もが息を止める

語りは徐々に速度を増し、最後は息もつかせぬ筆致のうちに句読点も打たないまま終わっている。それでいてエレジーの伝統を踏まえつつ、それを大胆に、そしてジャズ歌手のビリー・ホリディへの敬愛を十分に込めながら換骨奪胎するのである。

ただ、即興的な進行といいジャズがこのエレジーの要諦であるとしても、実際にはオハラがジャズを詩で扱う機会はこのアンソロジーピース以外にほとんどない――クラシック音楽への傾倒がオハラにはきわめて強かったからである。アンドリュー・ロスも指摘する――「彼の詩にあってはカーネギー・ホールとメトロポリタン・オペラ・ハウスこそ、ファイヴ・スポットよりも普通の会場であり、ラフマニノフこそマイルス・デイヴィスよりも宗教的エクスタシーを常に得る源となる」(Ross 385-386)。もちろん、大衆文化を盛り込んだ詩は他にも少なくはなく、序文に挙げたラナ・ターナー、そしてジェイムズ・ディーンへの哀歌も含め、オハラの大衆文化への興味がきわめて強かったことは否めないものの、これをもってロウ・カルチャーとハイ・カルチャーとの格差を解消するポストモダン的傾向、などと断じることは早計というものだ。

というわけで、以下クラシックの作曲家に関する詩に限定し、特にロシアのラフマニノフとアメリカのモートン・フェルドマンを俎上に乗せる。ロスの指摘のように前者をオハラは敬愛し、後者はオハラの友人であった。もちろん、二人の作曲家は時代が異なるだけでなく、作風においてもこれほどかけ離れた二人もいないほどに対照的だ。では、なぜオハラは彼らを何の問題もなく同時に受け入れられたのか。アッシュベリーも、オハラの音楽趣向の幅広さには驚きを隠さない――

「〔……〕ケージ、フェルドマン、ラフマニノフ、シューベルト、シベリウス、そしてクルシェネク——実のところありとあらゆる音楽——がフランク〔・オハラ〕の詩を導き出し、いわば霊感のための貯水池となった〔……〕」（CP ix）。「霊感のための貯水池」と称されるほど無節操なまでに音楽嗜好が広がるなかで、ラフマニノフとフェルドマンがどのようにオハラの詩と関連するのだろうか。

セルゲイ・ラフマニノフ

この二人の作曲家がニアミスしたという逸話がある。

（フェルドマンとケージが）出会ったのは、一九五〇年一月二〇日、アントン・ヴェーベルンの交響曲をニューヨーク・フィルが演奏したあとのことだった。二人とも、カーネギー・ホールを早めに出てきていた。なぜなら、フェルドマンによれば、ヴェーベルンの音楽がニューヨーク・フィルの聴衆に引き起こした反感に失望したからであり、ケージによれば、プログラムを締めくくるラフマニノフの《交響的舞曲》を聴きたくなかったからだ。ドアのところで二人の行く手が交わったとき、フェルドマンがケージの方を向いて「すばらしかったじゃないですか？」と問いかけた。そして、生涯にわたる友情が始まった。（アレックス・ロス 五〇八）

このエピソードは実のところ二十世紀の欧米におけるクラシック音楽の変遷をきれいに要約している。二十世紀前半に活躍しながら、十九世紀的ロマン主義の大仰なイディオムと音楽性を引きずったのがラフマニノフだとしたら、それに対して二十世紀前半にシェーンベルクが主導した十二音技法を受け継いだヴェーベルンに影響されつつ、それを修正したのちのトータル・セリアリズムをも超える形で新たな地平を切り拓いたのがフェルドマン（とジョン・ケージ）だったからである。それは、華々しいラフマニノフの音楽と、静謐に近いフェルドマンの音楽の違いに端的に表われている。

だが、念を押しておきたいのは、フランク・オハラはラフマニノフのファンであり、同時にフェルドマンと友人でもあったことである。

まず、ラフマニノフから。

オハラはロシア音楽に興味をもつなかで、わけてもラフマニノフには傾倒（そして私淑）といっていいほどの思いを持っていた。幼少からピアノを弾いていたオハラにとって、作曲家であるとともにピアノの名手でもあったラフマニノフへの関心が強かったことは、もちろんその要因ではある。一時オハラのパートナーであったジョー・ルスールに言わせれば、ラフマニノフはこの詩人にとって「ロシアの作曲家のうちでもっともソウルフルでロマンチック」（LeSueur 261）というほどの入れ込みようだった。事実、イーストハンプトンの友人宅でも、調律されていないピアノで、ラフマニノフ『ピアノ協奏曲第二番』冒頭のあの有名な独奏部分――「ゴージャスな冒頭の数コード」

(LeSueur 262)——を弾いてみせることがあったという。

政治的には、前の章で述べたように当時冷戦下で迫害を受けていたロシア芸術家全般（とりわけパステルナーク）への共感を、オハラが人一倍いだいていたことも、この作曲家を敬愛したことの理由に数えられる。もちろん、ラフマニノフは第二次世界大戦終結前に亡くなっていて、冷戦初期の米ソ対立の犠牲者ではない。それでも、ロシア革命時にはすでに母国を離れてヨーロッパ各地で暮らし、第一次世界大戦後の一九一八年にはアメリカに移住し、実質的に亡命生活に入っていた。その点で、戦間期におけるアメリカでの知名度は高かったはずで、オハラもニュース、レコード、ひょっとしたら生の演奏会をとおして親近感をもっていたことは十分考えられる。

また表現スタイルからいえば、ラフマニノフの音楽からニューヨーク派、とりわけオハラ自身の「キャンプ的」な要素が想起されたとしてもあながち突飛ではない。わざとらしいほどに大袈裟、というキャンプ的な特徴がラフマニノフから受け継がれたかもしれないのだ。いずれにしても、オハラの詩には常に瞬間ごとの（そして長続きしない）感情の高まりがあり、そこにもラフマニノフとの親和性を見ることができる。

それゆえ、いかにもオハラらしい「ラフマニノフの誕生日に」という、いわば隠れた連作ともいうべき作品群があるのも驚くことではない。現存するのは七編だが、実際にはもっと書かれていたかもしれない。ラフマニノフの誕生日が四月一日という覚えやすい日であり、しかもオハラ自身の誕生日も三月二十一日と近いこともその契機になったのだろう。だが、毎年四月一日に律儀に書くわけでもなく、まったく別の日に書いたりしていることも気まぐれなこの詩人の感性をよく表わしている。

最初の一編は一九五三年、それも七月の執筆とされる。

Quick! a last poem before I go
off my rocker. Oh Rachmaninoff!
Onset, Massachusetts. Is it the fig-newton
playing the horn? Thundering windows
of hell, will your tubes ever break
into powder?

（CP 159）

急げ！　出かける前の最後の詩一発を
狂おしくも。おおラフマニノフ！
マサチューセッツ州オンセット。それはホルンを
吹くイチジク入りクッキー？　ガーンと雷鳴とどろく
窓、あんたの管は粉々に
なる？

気ぜわしく詩を書いていること自体を詩に書くところは、いかにもオハラらしい。"off my rocker"という成句（「狂ったように」の意）には、それがはっきり出ている。そのとき、ラフマニノフに呼びかけることで気合いを入れるのである。だが、直後には何ごともなかったかのように、例によって現在地を記録しておく。そして、音楽の比喩を使い続けるとはいえ、話は奇妙な方向へと進み、ホルン（あるいは管楽器全般）についての描写となると、あるときはコミカルかつシュルレアリスティックに（ホルンを吹くイチジク入りクッキー）、またあるときは壮麗かつ荒々しく（窓を壊し、粉々になる）、とりわけ後者などにはラフマニノフの音楽の雰囲気が出ているかのようだ。ただ、このあとは周りのものを列挙し、少年時代の苦々しい回想にひたるうちに作曲家のことなど忘れられてしまう。それでも、最後に

You'll never be mentally sober.
あんたの心が醒めることはないだろう。

と語り終えるところは、ラフマニノフ的狂騒感を再確認するかのようだ。
その翌年、今度こそ誕生日に「ラフマニノフもの」が二編書かれたときには、ムードも一変。最初のものは、しっかりラフマニノフに向き合う一編となっている。前作のハイな気分からは一転、

この作曲家の曲を弾きながら沈鬱な思いばかりが吐露される。

Blue windows, blue rooftops
and the blue light of the rain,
these contiguous phrases of Rachmaninoff
pouring into my enormous ears
and the tears falling into my blindness

for without him I do not play,
especially in the afternoon
on the day of his birthday.

(CP 189)

青い窓、青い屋根
そして雨の青い光
こんな止むことなきラフマニノフの楽句たちが
ぼくの巨大な耳にふりそそぎ
ぼくの盲《めしい》に涙がおちて

だって彼なしに弾くことはかなわない
とりわけ午後それも
彼の誕生日の午後には。

（CP 189）

その気分にぴったりなラフマニノフとは、雨のごとく「切れ目のない」（contiguous）フレーズなのだという。（この語の意義についてはあとでもう一度触れる）。

さらに、このロシアの作曲家に唯一私淑したかった、とも告白する。思いはリストやスクリャービンと、やはり熱情的な曲の作り手にも広がるが、最後は他に見られないほど強くラフマニノフを意識する。

Only my eyes would be blue as I played
and you rapped my knuckles,
dearest father of all the Russias,
placing my fingers
tenderly upon your cold, tired eyes

我が双眸だけが青くなるだろう、ぼくが弾き
あんたがぼくの関節を叩き
全ロシアのいとしき父よ
ぼくの指を
やさしくあなたの冷たく疲れた目に置くとき

このように、ひたすら幻視し、この作曲家と実際に触れあった気にさえなる。一方、続けて書かれた「ラフマニノフもの」には、音楽の話題がなかなか出てこない。ラリー・リバース作のオハラの肖像画にペニスが堂々と描かれていることに触れ、「極端を愛するならpresence（現前）の方がabsence（不在）に勝る」となって、露出することが賛美されたあと、ようやく音楽への言及へといたる。

Oh now it is that all this music tumbles
round me which was once considered muddy
and today surrounds this ambiguity of
our tables and our typewriter paper, ...

（CP 190）

おお今やこの音楽すべてがぼくのまわり　かつて
泥だらけと思われたところでのたうち

そして今日囲むのはぼくらのテーブルと
ぼくらのタイプライター用紙のこの曖昧〔……〕

音楽からは泥がこそぎ落とされたものの、語り手の回りに渦巻いている。そしてテーブルでタイプライターを打つときの茫漠とした気分を包み、やはり上に論じた連作同様、書くことへの強い意識が語られる。

だが、そのあとは、音楽が「病気よりもノスタルジックで／／人の特徴のように柔く／人の魅力のように／憂うつで／／夢の有害な忠告を出してくる」（CP 190）などというのだから、混乱した心境を表わすかのようだ。そして、最後の連では、自分そのものの姿などは他人の判断次第――それも他人がそうできれば、また他人にそのつもりがあれば――として自己のありようには意を介さない、つまりは知りようがないことが公言される。むしろ、最終行ではそんな測りがたさも音楽によっていかに再現されうるか、と音楽の可能性に期待すると同時に、媒体としての言葉と音の違いも浮き彫りになる。

My difficulty is
readily played—like a rhapsody, or a fresh
house.

(CP 190)

ぼくの困難は
たやすく演奏された——狂詩曲のように、はたまた
新鮮な家のように。

しかも、それは「狂詩曲のように」であり——ただし間髪入れずに「はたまた／新鮮な家のように」と付け加えられて謎めかされ、直接的な言い回しが懐柔されるようだが——、やはりラフマニノフのことが暗示される。

五年後、まるで忘れていたかのように次の一編が書かれたとき、それはラフマニノフ生誕八十六周年を寿ぐ詩である。のっけから文字通りに「寿ぐ」のだが、そう宣言したあとになって作曲家を悼んでか、個人的な事情によってか、どちらにせよ例によって現在地点を特定（マンハッタンのイーストヴィレッジ、九丁目とアベニューA）しながら、泣いているんだとか、ツバメが一鳴きしても夏にはならないだとか、コーヒーが生ぬるいとか、ぐちり続けるのみ。それからようやく音楽談

義となる。

sometimes the 2nd Symphony sounds like Purcell
sometimes it sounds like *Wozzeck*'s last act (CP 321)

ときとして第二交響曲はパーセルのように響き
ときとしてそれは『ヴォツェック』最終幕のように響き

このように、『第二交響曲』がパーセルに、同時にベルクのオペラ『ヴォツェック』最終幕に、それぞれ類似することに言及するものの、その後は例によって個人的な述懐に終始。

さらに二年後、一九六一年七月には、なぜか#一五八と番号が付され、おのれの感情だけが冒頭からほとばしる。

I am sad
I better hurry up and finish this
before your 3rd goes off the radio
or I won't know what I'm feeling (CP 418)

ぼくは悲しい
ぼくは急いでこれを仕上げなくては
間もなく第三番がラジオから流れるから
さもなければ自分が何を感じているか知る由もない

そんな感情を制御するために『ピアノ協奏曲第三番』を聴くことにするのだといい、相変わらずラフマニノフへの思い入れが強いが、そのあとは、急に各行が短くなって囁きを聞かされているようで、相変わらず焦点が定まらない。こうなると、呼びかけている相手がラフマニノフかどうかもはや定かではない。

その二日後には「#一六一」が書かれるものの、もはやラフマニノフへの言及はない。また、連作の最後（一九六三年七月）は「ラフマニノフの誕生日とアーシル・ゴーキーについて」と題され、これまたラフマニノフへの言及はなく、以後は書き継がれることはなかった。

このように、連作の形を取るようでありながら、一貫性、計画性、テーマ性といったものは見られない。それでも、時に壮麗な、時に感傷的なラフマニノフの楽曲が、冒頭に挙げた「音楽」という詩のようにオハラにとっては生活リズムと文字どおり共振していることはたしかだ。とりわけ、音楽がこの詩人のなかでは書くということと結びつき、刺激を与えている点で、認知心理学の知見によるなら「音楽によって本当に感情を体験していると考える」(谷口 一一〇) 感情派 (emotivist) であり、「音楽が表す感情を認知しているにすぎないと考える」(谷口 一一〇) 認知派 (cognitivist) ではない。さらにいえば、連作を読むかぎりオハラはラフマニノフの音楽を実際に聴いているというより、聴かないままに思い描いている場合が多い。音楽生理学的な面から「音楽をイメージすることは音楽を聴くことと同じくらい強く、聴覚皮質を活性化する」(サックス 五八) のなら、ラフマニノフを思い浮かべるだけでオハラの感覚が沸き立つとしても不思議はない。

モートン・フェルドマン

空間的にも時間的にも離れたラフマニノフをオハラは敬愛した一方、フェルドマンとの間には親密な交友があった。フェルドマンは先に挙げた劇的かつ運命的な出会いののち、ケージとの交友を深め、そこからニューヨークのダウンタウンに根ざした芸術家サークルにも頻繁に出入りするようになる。もちろん、その中心を成すのは抽象表現主義の画家たちであった。

その結果、フェルドマンの音楽はそれまでにない発展を見せていく。とりわけ、音の組み合わせによって構成される楽曲ではなく、単独の音そのものに価値を置き、それを響かせることに価値をおく楽曲を作るようになる。それはまた、演奏者の自由度をどこまでも高めるため、音そのものを前面に押し出すためでもあった。それゆえ、「観察しうる現象の真実」("reality of the observable phenomena") を求めていると評されることもある (Noble 93)。だが、そんな音楽論はともかく、実際に聴いてみるとやや異様に響く印象は否めない。

そのテクスチュアは恐ろしく疎らだった。《イクステンション3》のあるページには、四〇小節にたった五七個の音しかない。ごくわずかな素材に限定することによって、音を取り囲む空間の表現力を解き放った。あたりに漂っている沈黙を音が活気づける。

（アレックス・ロス 五一〇）

フェルドマンによれば、大事なことは「音楽的な音の官能性」（Feldman 1）であり、その理由としては、「差異化の要素すべてが音そのものにあらかじめ存在する」（12）からだという。そのため、作曲に際してはピアノが欠かせない、という。

ピアノで書き続ける理由のひとつは、「想像力」から解放してくれることだ。音が物理的行為として連続的に現われることは、知的白日夢のようなものを目覚めさせてくれる。音だけで充分。それを実現させる楽器は充分というより不必要。だって、まず大事なのは、楽器なのか、音なのか？

（206）

楽器の響きより、音そのもの、それも想像力を喚起しないことが肝要である、と。

さらに、ニューヨークのダウンタウンにおける芸術家との広い交友のうちに、当然ながら、抽象表現主義の画家たちとも親しくなった。とりわけフィリップ・ガストンと親しくなり、以後、フェルドマンはオハラ同様に異種混淆的な環境から霊感を受けつつ、自己の音楽を創出・彫琢していくことになる。それゆえ、オハラと知り合うのは時間の問題だった。

フェルドマンはまた、四〇年代と五〇年代のニューヨークの画家たちと肩を並べる存在だった。ほとんどの画家たちとは顔なじみだ。フェルドマンの楽譜は、その精神において、ラウシェンバーグのオール・ホワイト、オール・ブラックのキャンバス、バーネット・ニューマンの光り輝く線、そしてマーク・ロスコの燃えるような色彩の霧峰に似ている。〔……〕抽象表現主義の画家たちが、絵画そのものに、テクスチュアと絵の具に集中することを見る人に望んだように、フェルドマンも聴き手に鳴り響く音という基本的な事実を受け入れることを望んだ。

（アレックス・ロス 五一〇―五一一）

おのれの音楽観が画家たちとの交友から生まれたことにはフェルドマンも自覚的で、「新しい絵画により、既存のものすべてより直接的で、即時的で、肉体的な音世界を欲するようになった」(5)とも発言している。そして、直接的で、即時的で、肉体的、とはオハラの詩にも当てはまる。

とするなら、トーマス・デリオの指摘するように、フェルドマンをはじめとする五〇年代以後の作曲家の音楽においては「芸術の対象とはそれ自体が行為の残余にすぎない」(31)のであり、「おのれの新芸術のいしずえとして、フェルドマンは純粋なる過程としての〔音楽〕言語を提唱した。彼の芸術においては、作品と創造行為の間の区別はできない」(31)ということにもなる。すると、オハラの詩と同様に、抽象表現主義の画家、とりわけポロックの「アクション・ペインティング」が思い起こされてもくるが、それについてはフェルドマンは異を唱える。

個人的には、五〇年代の作品を説明するための「アクション・ペインティング」という用語を理解することはできなかった。かろうじてわかるところでは、画家があらかじめ決まっていない構造を試す、ということだろう。〔……〕「アクション・ペインティング」という用語にわたしが抗うのは、いまや「自由」になった画家が「好きなことは何でも」できるという勝手な考えが生まれることに対してだ。(99)

ある程度の統制をはたらかせることが必要、とこの作曲家は信じているわけである。[1]

何をやっても芸術たりうる、という究極の自由、あるいは放縦には同意しないという部分は、フェルドマンがケージに抱いていた違和でもある——「わたしがケージに反論したいこと、それも唯一の反論とは、『プロセスはその実現において自然を模倣すべきだ』という言明に対してである。あるいは、別の機会に言い換えた『すべてが音楽である』というもの」(29)。

もちろん、当時は不確定性（indeterminacy）が諸領域で注目され、やがてポストモダンの趨勢のうちに浸透し、定着していく時期でもあったし、ケージの他にも、アール・ブラウン、クリスチャン・ヴォルフといった仲間の作曲家たちに共通の志向であった。フェルドマンの手になるソロのチェロのための『投影　一』（"Projection 1"）――アメリカ現代詩で二番目に「ポストモダン」を語ったチャールズ・オルソンの影響?――などは一九五〇年の発表で、易経に音を決めさせるという点で不確定性そのものでもあるケージの「易の音楽」にも一年先立つ。では、これを自由とは呼べないのか。フェルドマン自身は次のようにまとめている――「〔……〕われわれの誰もがそれぞれ音楽概念に貢献した、つまりそのなかで様々な要素（リズム、高さ、強弱など）の統制が効かないような概念だ。この音楽は『固定』されないがゆえに、古いやり方では記譜できない」(35)。それゆえ、フェルドマンは初期に特別なグラフィック記譜を使用。その中心には、「〔……〕音には内在的で象徴的な形がもはやなかったので、高さについては不確定性を許した」(6) という確信があった。独自の記号を駆使することで、演奏者にどこまで音を伸ばすか、どんな高さで演奏するか、ということを作曲者が規定せず、演奏者の自由に任せておく、という発想があったわけである。

だが、それも程度の問題のようだ。だから、ケージのあまりにも有名な『四分三十三秒』のように、雑音を取りこんでそのまま音楽と呼ぶ、という極端な方法論には与しないのである。ウィル・モンゴメリーも指摘する――

オハラが予測不可能性とさかんに言うことの裏には、詩人が見ていなくても言語ができるすべてのことにオープンであるということだ。これは、自己の自律性が実現されること、無意識のエネルギーがどこか抑制をはずされること、などから来る自由なのではない。この自由とは、言語を司る自己の限度を認識することではあるが、詩作における「意図」がそっと統制する手触りへの執着を放棄することでもない。(Montgomery 202)

オハラとフェルドマンには、意識を働かせるという点でも——すでに述べたように抽象表現主義の画家(ポロックは別として)とも——創作原理で一致する部分がある。

その一方で、意識的とはいいながら、先に挙げたような音楽の象徴性、さらにはそれを可能にするシステマティックな作曲法には、フェルドマンは異議申し立てをする。もちろん、ケージとの出会いの一件に戻るなら、ヴェーベルンから受けた影響——「耳障りな対照、拡張するときの飛躍、結合の断片化」(Lenzi 3)——には多大なものがあったはずである。とりわけ、その断片的で不連続な音の配置には、フェルドマンへの少なからぬ影響を見て取ることができるものの、ヴェーベルンの場合にはそれが実は十二音技法のきわめてシステマティックな過程による導入であるところに根本的な差異が横たわる——「彼の作品は十二音構造の規律にかかわりすぎていた」(Feldman 5)。これは、計らずもオハラの方法論のための説明にもなっている。抽象表現主義の画家で、もっとも親しかったガストンを説明しながら、フェルドマンは次のように語っている——「ガストンにとって、芸術の発端とは、自然のふりをする人工的な歴史ではなく、自然において全権をもつ力学である」(13)。

同じ伝で、同時代の先鋭的なフランスの作曲家ピエール・ブーレーズについては次のように批判する。

> システムに新たなる信望を与えてしまったのは、誰をおいてもブーレーズだった――かつて、音楽論のなかで曲の響きではなく、どのように作られているかに興味があるといったブーレーズである。画家ならばそのように語りはしない。かつてフィリップ・ガストンがわたしに語ってくれた。絵画がどのようにできているかを考えると、退屈してしまうのだ、と。(33)

この点でも、オハラと共振することになる。というのも、この発言は究極的に音楽史の否定へと繋がり、それによって表現における制限を少なくすることに通じる、とフェルドマンは主張するからだ――「現代とは、音楽作りが音楽史に乗っ取られた時代だ。そして、音楽史の要諦とはいかにコントロールするかという部分だ。だから、あるべき姿とは、コントロールを少なく、音楽史を少なく、である」(209)。ここでアメリカ詩史を振り返るなら、あとにも詳述するが、一九五〇年代半ばに新しいアメリカの詩の大波が押しよせるなかで、特に影響力が強かったオルソンに触れておくべきだろう。オルソンのエッセイ、「投射詩論」("Projective Verse")が出版された一九五〇年当時は、モダニズムの延長上にありながら詩を複雑で、知的で、定型にしていた新批評家たち、そして彼らに薫陶を受けたローウェルやジョン・ベリマンなどの詩が注目を集めていた。それに対して、オルソンは身体性に注目し、息の「投射」に重きを置くことで、何より韻律を葬り去ることも含めた、「オープンな」詩を提唱したのである。『新しいアメリカ詩、一九四五—一九六〇』が一九六〇年に出版されたとき、この新しい波を紹介する恰好の一冊であることを証明し、主に一九二〇年代の詩人たち、とりわけビート派、ブラック・マウンテン派、そしてオハラを含むニューヨーク派の詩人たちを中心に収めた。その巻頭を飾ったのがこのオルソンのエッセイであり、アンソロジー全体のトーンを定めただけでなく、この時代の前衛的な詩人たちを代表する宣言のようにも響いた。

オルソンの提唱に、オハラもある程度は同意するはずではあるが、それに対抗して書いたのが疑似詩論「パーソニズム」であるとも言われている。というのも、「パーソニズムは哲学とは何の関係ももたない」（CP 499）と宣言したあとに、こんな一節が来るからだ——

〔……〕愛の含蓄をかもし、それでいて愛の生命力にみちた荒々しさを失わず、また詩への詩人の感覚を保ちながら、一方で愛によって相手への感情に流れることを防ぐこと。それがパーソニズムを成すものだ。それがぼくによって創生されたのはリロイ・ジョーンズとの昼食のあと、一九五九年八月二十七日、ある人（ロイではない、ちなみに、金髪の男）と恋におちた日だ。（CP 499）

いささかナイーヴに響くことさえ厭わず、またカジュアルでかすかに皮肉もこめつつ、詩論を構築してから詩を書くことの危うさを真摯に訴えている。それは、詩的技巧のみならずシステマティックな書き方までも全面的に否定しようという意思のあらわれでもある。

いわば方法論なき方法論こそオハラとフェルドマンを特徴づけるものであり、媒体こそちがえフェルドマンの音楽とオハラの詩を結びつけたわけである。モンゴメリーは二人の美学を比較する——「オハラは、エッセイのなかでフェルドマンへの芸術上の共感のある点に達して、作品とは、まとまった外的な原理ではなく、それ自身の内在的な型式律にしたがって発展しなければならないと論じている」(Montgamery 200)。その結果、ふたりの作品の共通点が見えてくるのだ、と——

> フェルドマンは「音をそれ自体で存在させること——象徴でもなく、記憶でもなく(記憶とはそもそも別の音楽の記憶だから)」を求めた。この初期の作品での形式的関係性(リズム、高さ、強さの間の)を「解きほぐす」という目的は、オハラが「形式、音、長さ、配置、耳」といった「詩学」を拒否したことと大まかに類似する。(201)

このように、オハラとフェルドマンは方法論については同じ態度を取る。固定された方法論のなかで作品を作ることを拒否することで象徴的な表現を避け、それでいてむやみに無意識的即興に身を委ねるわけではなく、媒体（音と言葉）そのものを作品としていわばディスプレイする、ということ。また、前章の最後に挙げたように、「プログラムのなさ」、ということもここでまた思い出されてもいい。

ただし、それは絵画同様に互いの媒体の違いを度外視した上での話で、最大公約数的な共通性にすぎない。そもそも、フェルドマンの密やかなまでの音の布置と、オハラの饒舌な詩の発語との間には決定的な違いがあることは言うまでもない。

ラフマニノフとフェルドマン

それにしても、オハラは何と異質な作曲家に同時に惹かれていたことか。それは、この詩人の多面性を示しているのか、それとも単なる気まぐれなのか、それとも共通の何かがあるのか。ラフマニノフとフェルドマンから霊感を受け、オハラがおのれの詩学に取り入れたものとは、結局のところ何か。

一九五四年四月作のラフマニノフ連作で、この作曲家の音楽をオハラが「切れ目のない」(contiguous) と呼んでいることに注目したい。"contiguous" とは実のところ「切れ目のない」を意味するとともに、「隣接する」の意味でもある。言語障害の分析をとおして隣接関係 (contiguous) と結合関係 (combinative) という比較の軸を考え出したのは言語学者のヤコブソンである。その後、文学に持ちこまれると、前者が換喩的 (metonymical) な、後者が隠喩的 (metaphorical) な関係性を表わすとされた。隣接するだけの関係とは、駐車場の車の並び方のように偶然に繋がるだけの関係でもあるがゆえに、並列的（paratactic）な書法と従属的（hypotactic）な書法へと応用されたとき、前者にそなわる、因果関係の欠落したような特徴がポストモダン的な書き方ともみなされる。「レディの死んだ日」の進行にもそれは顕著に見られる。変転してやまない心理状態をそのまま転写して言葉にするため、並列的に詩行を重ねていくのである。チャールズ・アルティエリはこの詩を評して、「彼女の歌のように、この詩も少なくとも一瞬は日々の経験という偶然性と多様性を超越する」（Altieri 122）として部分同士の隣接するだけの、偶然で並んでいるだけの関係を強調しながらも、全体としてエレジーが統一感を与えている、と結論づける。一方、フォン・ホールバーグはこの詩の進行について、「強調点を並べ、区別をつけていくための原理すべてがなぎ倒されている」（von Hallberg 178）として、このような「並列的な構文」（178）からは、行ごとの連関が拾えそうに見えても、最終的には並列的、それゆえ散漫な進行が支配的であると論じる。

日常の平凡で不連続な出来事の流れと、伝説的な歌手の死という劇的なニュースとの、どちらに重きが置かれるのか、どちらがそれを補完するのかは、実はどこまでも決めがたいものの、だからこそ、そこに語りの特徴の肝があるとしたら、それは不連続性の効用に他ならない。そして、それはもちろんフェルドマンの不確定性の音楽の作り方とも通底する。

最後にラフマニノフについて付け加えるならば、たとえばオハラが詩のなかに持ち込む『交響曲第二番』は「論理的に支えられた音楽議論が役割を与えられてはいるが、情緒の本能的ドラマこそがこの音楽の主な狙い」（ハリソン 一三〇）とも論じられている。オハラがラフマニノフを牽強付会しながら誤読したにせよ、論理を超えた情緒のドラマとはオハラの詩に見られる特質でもある。

*

オハラの一九五七年の「風」（"Wind"）という詩にフェルドマンが楽曲をつけたことは、まさに両者の美学が合致していることを示すかのようである。

Who'd have thought
　　　　that snow falls
it always circled whirling
like a thought
　　　　in the glass ball
around me and my bear
Then it seemed beautiful
　　　　containment
snow whirled

nothing ever fell
nor my little bear
bad thoughts
imprisoned in crystal
beauty has replaced itself with evil
And the snow whirls only
in fatal winds
briefly
then falls
it always loathed containment
beasts
I love evil

(CP 269)

誰が考えたのか

雪が降るなどと
それはいつも丸く渦巻いていた
思考のように
ガラス玉のなかで
ぼくとぼくの熊のまわりで
するとそれは美しく見えた
封じ込め
雪は渦巻いた
何も降らなかった
ぼくの熊も
悪しき考えは
水晶のなかに幽閉され
そして雪が渦巻くのは
致死の風のなかで
短い間だけ

それから降る

それはいつも封じ込めを嫌った
獣

われ悪を愛す

句読点もなく、レイアウトも一見恣意的で、まさにフェルドマン作品の音のように言葉がほろほろと断片的に配置されている。言葉同士のつながり、そして構文も、レイアウトのためもあってか曖昧なままに残され、しかも同じ言葉が繰り返されて統一的な意味を形成しそうで、しない。まず、雪はまっすぐ降るのではなく、丸く渦巻くのだ、という。また、「グラスボール」からスノーボールが連想されるなら、無数の雪片が舞い踊る様子が想像され、思考のランダムな流れに喩えられている。

続く二行は「それは美しく見えた／封じ込め」と、「封じ込め」という名詞が独立して置かれているように訳したが、「それは美しい封じ込め／と見えた」と続けて訳すこともできる。このあたりから、レイアウトとも相俟って言葉のつながりは解りづらく、意味も多義的になっていく。それでも、四行あとには、美しくはあっても幽閉され、自由がないとしたら、「悪しき考えは／水晶のなかに幽閉され」ていることになる。本来はたゆたうはずの思考を、詩のなかで直線的に展開することを戒めるかのようだ。何より、前章で論じた同性愛者まで抑圧した「封じ込め」政策のことに連想が行くことは避けられない。

しかも、最後の連に至っても、「いつも封じ込めを嫌った」と念を押されるので、政治的な意味をますます読みこみたくもなる。

後半、雪は「死に至る風」のなかで短時間舞ったあと、結局は落ちていく、となれば、やはり思考がまっすぐに進んでいくことの危険を告げていると取れる。

最終行——「われ悪を愛す」——は、善悪の峻別などはいかに詩と無縁であるか、と宣言するかのようだ。また、「態」と「悪」は全体のなかで安易な意味づけを拒むかのように、あえて夾雑物として入っているのかもしれない。

第四章　一歩離れて——オハラの詩と個性

ここまで絵画、そして音楽との関連を探り、それらを媒介としてオハラの詩の特徴を析出し、同時代のアメリカ文化の状況にも嵌め込んでみた。美術との関連で見えてくるのは、様々な意味での解放から生まれた即興的な、しかしあくまで意識をまじえた書法、そして結果的にもたらされる曖昧かつ散漫な詩行である。それは、冷戦初期にやしなわれた独特の反抗と逸脱のもたらした形でもある。さらに、音楽との関連からわかるのは、そういった書法とは、詩論というシステムに頼らず、むしろそれを嫌悪するがゆえに生まれた「そのまま」の、並列的に言葉が散りばめられる表現である。この章では、そのような詩学創造の元となった淵源を探ることにする。キーワードは、「個性」(personality)である。

非個性をめぐる議論

のっけからありていに、そしてやや雑駁に言ってしまうならば、詩人とは——詩人のみならず創造的表現者とは——大概はユニークな個人であればこそ、書くものが個性あふれるものになることは自明である。それでも、詩における個性の問題は、イギリスのロマン派への評価を手はじめに議論されたこともあってか、ヴィクトリア朝時代には「劇的独白」(dramatic monologue) がとりあえずの解決策として考案され、それが二十世紀に入って形を変えつつパウンドやT・S・エリオットによって受け継がれた、という経緯がある。

とりわけ、エリオットは実作のみならず文学批評でもこの問題を取りあつかい、「非個性の詩論」が開陳された評論「伝統と個人の才能」("Tradition and the Individual Talent")」(一九一九) は、二十世紀の英米文学でもっとも影響力のあったエッセイとまで評されることとさえある。エリオットはまず第一部で伝統の重要さを説いたうえで、「[詩作中に] 起こることとは、その瞬間に価値の高いものへとおのれの身を挺し続けることだ。芸術家の進歩とは、絶えざる自己放棄、絶えざる個性の滅却だ」(*Selected Essays* 17) と主張する。これを踏まえて第二部では、詩人は「媒介」(medium) たるべきこと、そして単純な感情をあつかうとしても、それが詩のなかで複雑にされることこそ大事だ、と言いつのる。とするなら、詩のなかにこの意識を結晶させたものが数年後の長編詩『荒地』(一九二二) ということになる——神話・古典などから縦横に、そして断片的に引用しながら、コラージュすることで伝統をモダニズム特有の複雑な形に織り込んだ作品に仕立てたからである。

それに対して、戦後に出現した革新的な詩人たちのなかで、この伝統にいちはやく異議申し立てをしたのはブラック・マウンテン派をひきいるオルソンということになっている。すでに引き合いに出した「投射詩論」は、歴史的に見るならばモダニズムの詩を葬りさって新しい詩法、さらには新しい時代を創出しようという試みだったからである。ポストモダンという言葉をかなり早い時点で口にしたオルソンが「投射詩論」のなかで反抗の意図を旗幟鮮明にしたのは、大まかにまとめるなら知性ではなく身体を使って詩を書くべき、という主張で、上述のように息を重視した詩を提唱するところが「投射」たる所以であった。そして、演劇とのアナロジーを用いながら、「人間の声との十全のつながり」(Olson 25)が必要だとして、エリザベス朝演劇に関心を寄せていたエリオットを批判する――「こう反論できよう、エリオットは無‐投射のうちに居続けたので劇作家としては失格だ、と。あいつの根にあるのは精神のみ、それも学者的精神だ〔……〕」(26)。実際、オルソン自身の詩学を具現させた実作の詩「かわせみ」("The Kingfishers")は、「精神のみ」のエリオットが『荒地』において中世ロマンスから借用しながら主要なモチーフとした漁夫王(fisher king)を裏返したもので、戦略的な意図を見ることができる。

だが、オルソンはこの議論に至るさなか、実は意外なほどエリオットの非個性論に近づいているとは注目に値する。それは、「投射詩論」のなかでエリオットと同時代のモダニズム詩人、ウィリアム・カーロス・ウィリアムズとパウンドを俎上に乗せ、彼らの関わった客観主義＝「オブジェクティヴィズム」(Objectivism)はもはや古く、それに代わるものとして「オブジェクティズム」(Objectism)を提唱するときのことである。その根幹にあるものとして、「人と経験の関係、それも一人の詩人が、木のように一行とか一編の必要性として、自然の手から出てくる木のようにきれいなものとして、人が手を加えたら木がどんな形になるか、という類の関係だ」(24)と、オルソンは有機的な詩作プロセスを主張したうえで、次のような議論に至る。

オブジェクティズムは、エゴとしての個人、および「主題」とその精神、などによる抒情的介入を捨て去ることだ。そんな介入とは特異な厚かましさのことで、西洋人が、自然の創造物である自己存在と〔……〕、それ以外にわれわれが軽蔑なしに対象と呼ぶ自然の創造物の間に干渉することなのだ。(24)

ポストモダンを標榜するだけあり、伝統的な主客の関係についても転覆を試みるなか、詩をオープンにするという主張そのものがエリオットの非個性論を打ち破ろうとするようで、実際には人間の卑小さをも同時に強調する点において、エリオットの論と親和している。もちろん、エリオットは西洋の伝統に相対したときにいかに個性が小さなものかわかる、と言うわけだから、そこにオルソンとの根本的な違いがあるにせよ、詩を書くにあたって個人の小ささ、あるいはむなしさを強調する点では、意外な合致を見る。(1)

一歩離れる

こうして、二十世紀前半をとおして個性という問題が詩人を呪縛し、その裏にはエリオットとオルソンという、詩論を高く掲げて時代を画そうとした詩人たちがいた。オルソンに関しては、第二次世界大戦後に台頭した世代を一挙に紹介したという意味で画期的なアレンの編になる詩のアンソロジー、『新しいアメリカ詩、一九四五—一九六〇』で巻頭を飾っただけでなく、巻末に掲載された詩人による短い詩論集のやはり冒頭に置かれたのも「投射詩論」だった。オルソンよりも一世代下のフランク・オハラも、この詞華集に肩を並べるように詩とエッセイを寄稿したものの、意匠を大きく異にする。とりわけ、個性の問題に関してはそれが顕著となる。

すでに第二章で語ったように、オハラの初期の詩には、「二番街」のようにシュルレアリスティックと呼べるほど無意識から言葉を乱射するような書き方が目立ち、そこには自動記述に拠ることで、ある意味では個性を消そうという意図を見ることは可能だ。だが、五〇年代後期からは変化が見られる。とりわけ、勤務先のMoMAのあるマンハッタンのミッドタウンのあちこちを歩いた記録をそのまま詩にするようになり、すでに触れたように「ぼくがこれをやり……」の詩に結実するわけだが、これぞまさに個性に基づく詩学とも思えてくる。

そんなスタイルによる代表的な作品に「彼らから一歩離れて（"A Step Away from Them"）」（一九五六）がある。まず冒頭を引用してみよう。

It's my lunch hour, so I go
for a walk among the hum-colored
cabs. First, down the sidewalk
where laborers feed their dirty
glistening torsos sandwiches
and Coca-Cola, with yellow helmets
on. They protect them from falling
bricks, I guess. Then onto the
avenue where skirts are flipping
above heels and blow up over
grates. The sun is hot, but the
cabs stir up the air. I look
at bargains in wristwatches. There
are cats playing in sawdust.

（CP 257）

今やぼくの昼飯どき、だからぼくは散歩に

出かける　まわりにはブーンという色の
タクシー。まず、舗道を進むと
労働者たちが汚れてテカった
上半身にサンドイッチとコカコーラを
詰めこんでる　黄色いヘルメットを
かぶって。煉瓦が落ちてくるので
身を守ってるんだろう。それから
大通りに出るとスカートが
踵の上でひるがえり排気口の格子で
吹き上げられてる。太陽は暑いけど
タクシーが空気をかきまぜる。ぼくは
バーゲンの腕時計をのぞく。猫が
おがくずの上で遊んでる。

詩人は最初から淡々と状況を報告していく。冒頭で特徴的なのはタクシーを見たときの「ブーンという色の／タクシー」（"hum-colored / cabs"）という表現で、聴覚的（"hum"）な反応と視覚的（"colored"）なそれとが入りまじって共感覚的で、その意味でも個性そのままの表現と呼べる。

だが、このあたりから対象に向けての関心は低く、浅くなり、町の表層を滑るようになぞっていく——サンドイッチとコカコーラで腹をみたす肉体労働者、格子状の排気口でスカートが吹き上げられる女性、熱い空気をかき回すタクシー、バーゲンで陳列される腕時計、おがくずまみれの猫たち、などの繋がりには関連が読み取れない。一連の観察はただ目にしたものを列挙しているだけで、前章でも注目したような並列性に徹した進行のうちに、批評精神はおろか、象徴性もない。このあとも、タイムズ・スクエアの巨大ビルボード（マールボロ・ブランドの煙草の宣伝）、ドア口にたたずむ黒人、コーラスガールの広告、と見ていくうち、「ぼくがこれをやり……」の定番として日時と昼食とが報告される——

it is 12:40 of
a Thursday.
Neon in daylight is a
great pleasure, as Edwin Denby would
write, as are light bulbs in daylight.
I stop for a cheeseburger at JULIET'S
CORNER. Giulietta Masina, wife of
Federico Fellini, *è bell' attrice*.

And chocolate malted.
（CP 257-258）

　　木曜の
　　　昼間のネオンは
十二時四十分。
大いなる喜び、なんてエドウィン・デンビーなら
書くだろう。昼間の電球もそう。
チーズバーガーを買うためジュリエッツ
コーナーに寄る。ジュリエッタ・マシーナ。フェデリコ
フェリーニの妻、美しき女優。
チョコ味の麦芽飲料も買う

これも子供の日記のようだ。変化が起こるのは、次の一節である。

　　　There are several Puerto
Ricans on the avenue today, which
makes it beautiful and warm. First

Bunny died, then John Latouche,
then Jackson Pollock. But is the
earth as full as life was full, of them?
(CP 258)

　　　　　　　　　　プエルト
リコ人が今日は何人も大通りにいる、それで
美しく暖かいんだろう。まず
バニーが死に、それからジョン・ラトゥーシュ、
それからジャクソン・ポロック。それにしても
地球は一杯、生で一杯だったように、彼らによって？

このように、唐突に友人たちの死が悼まれる。そのなかには、オハラも強い影響を受けたポロックも含まれるのだが、こんな死の瞑想も一瞬のことでしかない。もちろん、その直前に目撃した頑健そうなプエルトリコ人集団との比較対照によるとも取れるが、そのような読みは恣意的なだけでなく、ステレオタイプに基づいたものでしかない。そして、引用中の最後の二行、“But is the/ earth as full as life was full, of them”は文法的に不完全で、それゆえ意味のうえでは曖昧で、思考以前のものが即興的に転記されているかのようだ。

そして、最後——

And one has eaten and one walks,
past the magazines with nudes
and the posters for BULLFIGHT and
the Manhatten Storage Warehouse,
which they'll soon tear down. I
used to think they had the Armory
Show there.
A glass of papaya juice
and back to work. My heart is in my
pocket, it is Poems by Pierre Reverdy.

(CP 258)

そして人は食べるや　人は歩く
ヌード写真付きの雑誌やら
「闘牛」の文字が踊るポスターやら
マンハッタン貯蔵倉庫やらを通って

あの倉庫は間もなく解体される。ぼくがずっと
思っていたのはアーマリーショーは
あそこでやったのだと。
　パパイヤジュースを
一杯飲んで仕事に戻る。ぼくの心は
ポケットの中、それはピエール・ルヴェルディ詩集。

ふたたび見聞報告がだらだらと続くなか、まず"one"が主語であり、客観的におのれの行動を観察するかのようだ。さらに数カ所経巡ったあとで語り手は仕事場に戻り、最後に突如としてフランス詩人ルヴェルディの本がポケットにあることに満足を覚えてこの詩は終わる。

円環的な構造はW・H・エイブラムズが規定するところの「偉大なるロマン派的抒情詩」(Greater Romantic lyric)の構造をにおわせながらも、エイブラムズが条件に挙げる「最終的な認識への到達」は見られない。表層を滑り続け、物理的に原点に回帰したにすぎない。つまり、個性的な体験を書き写していながら、個性的な思いが深化したり、ましてやテーマへと発展したり、ということがないのである。もちろん、タイトルは、死せる友人たちからほんの一歩しか離れていない、という意味に取るなら、死への意識が前景化されていて、この詩にテーマ性を与えると解釈できるかもしれない。だが、このタイトルは簡素であっても多義的で、「彼ら／それら」("them")を歩行中

に目にしたものと考えるなら、そこからほんの一歩にすぎなくても確実に一歩離れているがゆえに、エゴなき距離を保ちえていることになる。

「オハラのように歩く文人、十九世紀アメリカのヘンリー・デイヴィッド・ソローがコンコードの小屋で隣人との間に『一マイル』取ったのに対して、オハラは人との距離がきわめて近い。では、オハラには批判的距離が取れないかというと、むしろそんな『ロマンティック・イリュージョン』など抱くことなく、対象に関わらないし、ましてや共犯関係にもならずにいられる」、と評したのはデイヴィッド・ハードである (Herd 84)。オハラはたしかにそんな詩人であり、パーソナルでありながら、結果的にエゴを払拭した語りを実現してみせた。

「パーソナル」な詩

「彼らから一歩離れて」から三年後に書かれた「パーソナルな詩 (“Personal Poem”)」(一九五九) も、やはり昼餉歩行の詩として似通った形を取り、しかもタイトルからしてすでにパーソナルと広言している。

Now when I walk around at lunchtime
I have only two charms in my pocket
an old Roman coin Mike Kanemitsu gave me

and a bolt-head that broke off a packing case
when I was in Madrid the others never
brought me too much luck though they did
help keep me in New York against coercion
but now I'm happy for a time and interested

（CP 335）

さてぼくが昼飯時に歩き回るときは
ポケットには魔除けを二つしか持たない
マイク・カネミツがくれた古いローマのコインと
包装箱から取れたボルトの頭
ぼくがマドリッドにいたとき他のはそんなに
幸運をもたらさなかった　といっても
ニューヨークの威圧に耐えさせてくれはした
だけれど今ぼくは束の間うきうきとして興味津々

冒頭、いきなり“Now”と始まる。ニューヨーク派詩人たちに影響を与えたW・H・オーデンのような唐突な発語で、そのあとは留まるところを知らない流れのうちに、話題が変わっても行も変わらないままに進み、「彼らから一歩離れて」とは違って「内的独白」(interior monologue)の体を成すかのようだ。しかも、描写的であることに徹して感情を消したかのような「彼らから一歩離れて」とは異なり、パーソナルな感情がより多く描出されてはいる。だが、威圧的なニューヨークの雰囲気を助ける護符への感謝を表わし、気分が高まっていることを語るときにも、“but”によって前言を否定するかのようで、しかも“happy”ではあっても“for a time”と限定をつけるなど、明確な態度は一向に示されない。

第二スタンザでは、典型的な「ぼくがこれをやり……」モードに入り、「彼らから一歩離れて」同様に「輝く湿気」(“luminous humidity”)などと感覚の混淆をうったえたのち、シーグラムビル、工事現場、バー、と視点が移り、さらに友人のリロイ・ジョーンズと会うことになる。そして、ジャズ・トランペッターのマイルス・デイヴィスをめぐる人種差別的な事件に触れながらもコメントはせず、物乞いする女性などもうっちゃったのち、やはり食事内容が律儀なまでに報告される。

そして、ジョーンズと一緒に個人的人物評価を並べたあと、結末に至る。

　　　　we don’t like Lionel Trilling
we decide, we like Don Allen we don’t like
Henry James so much we like Herman Melville
we don’t want to be in the poets’ walk in

San Francisco even we just want to be rich
and walk on girders in our silver hats
I wonder if one person out of the 8,000,000 is
thinking of me as I shake hands with LeRoi
and buy a strap for my wristwatch and go
back to work happy at the thought possibly so

(CP 336)

　　　ぼくらはライオネル・トリリングを
好きではないことにした、ぼくらはドン・アレンが好き　ぼくらは
ヘンリー・ジェイムズがさほど好きでない　ハーマン・メルヴィルが好き
ぼくらはサン・フランシスコの詩人の小径になど
入りたくない　金持ちになって銀色の帽子をかぶり
橋げたを歩きたいにせよ
八百万人のうち一人でもぼくのことを気にかけているんだ
ろうかとリロイと握手しながら思い
腕時計のバンドを買って仕事に
戻りながらそんなことを考えて気分は良いおそらく

トリリングとドナルド・アレンは、「〔……〕影響力の極致にあったコロンビア大学のエリート対無名に近いグローヴ・プレスの編集者」(Lehman 190)であるし、ほぼ同じ伝でジェイムズとメルヴィルについても「ジェイムズよりもメルヴィルを好むというシンプルな言明は、スムーズなものよりラフなものに一票投じることを象徴的に表わす。学門的エリートより、詩の戦争における反抗的なアウトサイダー」(189)という風に、文化的・文学的な腑分けが明解に成されていることがわかる。ただし、そのあとは、詩人として顕彰されることなどに興味がないと言いつつ、返す刀で労働者にもなりたくない、と告白するなど、やはり連続性と一貫性に欠ける。最後はやはり仕事場に戻ることで円環構造を閉じるものの、"happy at the thought possibly so" という結語では、"thought" が何を指示するかも判然とせず、"possibly so" という曖昧な言い回しがそれに追い打ちをかける。

このように、語り手の見解が強く出されることはない。よしや出たとしても、それを曖昧にしたうえで先へと進む。その意味で、パーソナルでありながら、語り手の精神状態は歩行のうちに遭遇する対象にばかり向けられてインパーソナル＝非個性的に近い。淡々と都市を観察するいわばカメラ・アイのような存在とでもいおうか。

ロジャー・ギルバートは「他の歩行詩で〔……〕、世界をその偶然のうちに全面的に開放しながらそれを並べ替えたりコメントしないものは数少ないようだ」(Gilbert 185)と指摘する。「歩行詩」(walk poem)という範疇があるならば、オハラの「ぼくがこれをやり……」は、ヴァルター・

ベンヤミン名づけるところのフラヌール＝「遊歩者」（flâneur）の詩を想起させる。ベンヤミンは、パリを徘徊したシャルル・ボードレールを例に取り、遊歩の詩と位置づけて分析したとき、それは「この都会を射る比喩詩人の視線、疎外された人間の視線である。それは遊民の視線」（「パリ――十九世紀の首都」、二三）と喝破した。スコット・ブリュースターは抒情詩論のなかでこの視線の質について分析し、次のように論じている――「ボードレールの詩では、パリの遊歩者、街行くダンディな闊歩者は、自意識の強いアウトサイダーとなる。ヴァルター・ベンヤミンが遊歩者の分析をして影響を与えたところでは、『大都市における個人同士の関係は、耳ではなく目の活動が顕著なほどに優勢になるところに特徴がある』〔……〕抒情的視線はバラバラな断片に注がれ、街の気まぐれなリズムに歩調を合わせる」（Brewster 100）。たしかに、ボードレールは遊歩者として外界との距離を取りつつも自意識過剰であり――「かれの作品に群集の描写を求めても無駄なまでに内的な実体である」（ベンヤミン、「ボードレールのいくつかのモティーフについて」、一八一）――、内的な感情をおもてに出さないオハラの筆致との間には大きな懸隔がある。それはもちろん両者の置かれた社会的状況にも由来する。ボードレールは無職で無頼の詩人としてブルジョワ階級を嫌悪し、下層階級への共感を示すわけだが、一方で百年後のニューヨークを歩くオハラはＭｏＭＡの正規職員だからである。ベンヤミンはまたベルクソンを参照しながら「人間の魂を時間の強拍観念から解決するのは持続（デュレ）の具体化」（「ボードレールのいくつかのモティーフについて」、一九八）であることをボードレールに当てはめるのに対して、オハラは徘徊といっても昼休みという時間制限がある。しかも、オハラは不満を抱くどころか、そんなプチブル的境遇を意に介さないかのようだ。何といっても、この詩人はボヘミアン文化の根城であるダウンタウンと、アメリカ戦後の経済発展を支えたミッドタウンの間を飄々と行き来したからである。

パーソニズムについて

「個人的な詩」に戻って、オハラはこの詩を書いた直後に「パーソニズム」という前述のように短いながら重要な、何より真摯でふざけた、いやふざけていてもかなり真摯な（つまりキャンプ性の濃い）一文をしたためた。それは、ジョーンズと共にした昼食時に創出された「主義」だ、とオハラはおどけて語る。それでも、まず重要な点としては、「パーソニズムは哲学とは無縁だ、それは芸術だけの話」（CP 499）と、理論を否定するとき、大上段から振りかぶった「投射詩論」を意識していることである。さらに重要なのは、オハラとも親しかったビート派のアレン・ギンズバーグがあるエッセイのなかで指摘したこと――オハラの詩「二番街」はあまりにも抽象的で、パーソナルであることを避けようとしている――に対して、アポロギアとしても書かれたという事実である。オハラは「(絵画ではなく、詩における）抽象とは、詩人による個性の除去を含む」（498）と断じ、そうではなく「抽象、除去、そして否定的能力」（498）とは対極にあるものがパーソニズムなのだと規定する。つまり、自分の詩がパーソナルであると認めるわけだが、少しあとに「それ〔パーソニズム〕は個性というか親密さとは無縁だ、ほど遠い！」（499）と補足することで、パーソナリティに耽溺しないよう戒めている。だから、「詩人の詩への感情を保ちつつ、愛情のためといってその人への感情過多にならないようにする」(499) と説き、対象に向けて発信しながらも感情の距離を保つことが重要だとする。このように、疑似詩論「パーソニズム」は、「パーソナルな詩」を説明してみせ、しかも個性的でありながら非個性的、という独特で一見ありえそうもないスタンスを強調する。しかも、初めに詩論ありきで詩を書くのではなく、詩を書いてから後付けで詩論をでっちあげるところに、オルソンとの (そしてエリオットとの) 決定的な違いもある。

もちろん、詩法においてオハラはオルソンと共有するものが少なくない。こてこてと作りこまれた言葉から成るエリオットの詩に対して、ぐたぐたと言葉を発するオルソンに、オハラの詩は近い、ということ。そして、何よりも、アルフレッド・ノース・ホワイトヘッドの哲学に準拠しつつ、さらには詩人エドワード・ダールバーグからも示唆を受けつつオルソンが提唱した「ひとつの知覚はすみやかに、かつ直接に次なる知覚へと繋がらなくてはならない」(Olson 17) という発想を共有している。ただし、それは「なさけない結果しか出せない運動選手を叱咤するコーチのような」(Howarth 217) 口吻で書かれ、オハラとの違いは歴然としている。そしてより重要なことは、オルソンが別稿で「芸術は語ること (describe) ではなく、演技すること (enact) を求める」(Olson 61) と断言するとき、実作において演技を新しい詩学の肝に求めたオルソンと、あくまで個性を消しつつ淡々と語るかのようなオハラとの間に決定的な差異があることだ。

個性的で非個性的

エリオットの非個性論にみる議論には、モダニズム的異化効果を狙って驚かせ、目を引こうとしたふしがないでもない。というのも、先に引用した「伝統と個人の才能」の一節のあとには、次の一節が来るからだ。

詩とは情緒の垂れ流しではなく、情緒からの逃避である。個性の表出ではなく、情緒からの逃避である。しかし、もちろん、個性と情緒をもつ者のみが、そういった逃避の意味するところを知るのだ。（Eliot 21）

パーソナリティを持つ者だけがパーソナリティから逃避できる、と章の終わりにそっと言い添えるようでありながら、留保を付けるというより、むしろ逆説を明確にしているかのようだ。事実、「伝統と個人の才能」出版時から挑発的・論争的であることを意識していたためか、最晩年、一九六四年版の論集『詩の効用と批評の効用』（*The Use of Poetry and the Use of Criticism*）への序文で、「伝統と個人の才能」があまりにも有名になってしまったことを後悔し、若書きであったと、エリオットは述懐する。

また、非個性とは言わないまでもエゴの滅却を唱えたオルソンの場合は、エリオットとその伝統にひたすら反抗を試みるうち思わず知らず先輩詩人に寄り添ったともいえる。結果的に、パーソナリティからの脱却、という遺産は二十世紀半ばまで引き継がれる、というか引きずられることになった。

それに対して、一九五〇年代後半にローウェルをはじめシルヴィア・プラス、そしてベリマンなどが書いていた詩は全面的にパーソナルで、しかも内面の苦悩が赤裸々に吐露されることからM・L・ローゼンソールによって「告白詩」(confessional poetry)と命名されるにいたった(一九五九年)。「こんな言葉を連ねて、彼〔オルソン〕は定型詩人と告白詩人の両方に宣戦布告した」(Gray 306)という見方もあるが、オルソンのエッセイは告白詩人たちの出現よりかなり前に書かれていて、むしろはっきり背を向けたのはオハラのほうである。告白詩がロマン派への先祖帰りだったとするなら、オハラの詩は並列的な展開ながらふいに円環的に終わらせることで、エイブラムズ的雛形へのパロディを演じたともいえるわけで、全面的にパーソナルになることを避ける試みとも取れる。[2] それゆえ、「オハラは当時支配的であった『普遍的』とか『非個性的』な詩に対抗して、個人的経験こそ卓越するものという信仰を何と全面的に意識していたことか」(Stein 56)という指摘には同意できない。個性的でありながら非個性的でもありうる、という離れ業をうったからである。[3] その意味で、オハラの詩は、モダニズム期から二十世紀半ばまで続いた個性による呪縛を、独特の形で解きはなったことになる。

わが感情を悼む

かくもの特異な個性／非個性の詩が、ではどのようにオハラの内で確立したかを、「わが感情を悼んで（"In Memory of My Feelings"）」（一九五六）をとおして見てみたい。この詩人の代表作とみなす批評家も少なくないほどの大作にして、問題作でもある。何より、詩人としてのオハラにとって分水嶺ともなった作品だからでもある。まず、五部からなるこの長い詩の冒頭から——

My quietness has a man in it, he is transparent
and he carries me quietly, like a gondola, through the streets.
He has several likenesses, like stars and years, like numerals.

（CP 252）

わが静けさはそのうちに男をもつ、彼は透明で
ぼくを静かに運んでいく、通りをゴンドラのように。
彼にはそっくりさんが何人もいる、星、年、数字のように。

静寂のうちにもうひとりの自分、それも透明な自分が認識され、それも身を任せることができ、さらにそのソックリさんが複数いるのだ、という。次の一節にも同じ文構造が引き継がれ、繰り返さ

れる。

My quietness has a number of naked selves,
so many pistols I have borrowed to protect myselves
from creatures who too readily recognize my weapons
and have murder in their heart!

（CP 253）

わが静けさには裸の自己がたくさんいる
かくも多くのピストルをぼくは借りて自己たちを防護する
相手は、ぼくの武器にすぐ気づいて心に殺意を
いだく者たちだ！

しかも、その多元的な自分は、裸であるがゆえにおのれを防衛する——それも銃をそなえて敵と戦うまでの覚悟を見せる。

第一セクションはやはり冒頭と同じ構造のうちに終わる。

My transparent selves

flail about like vipers in a pail, writhing and hissing
without panic, with a certain justice of response
and presently the aquiline serpent comes to resemble the Medusa.

（CP 253）

わが透明の自己たちは
バケツのなかのウミヘビのように頭を打ち振り、もだえ、シューシュー音を立て
しかもパニックに陥らず、返答にもある種の公正さがあり、
今や鷲鼻型をした蛇はメドゥーサに似てくる。

自己を蛇に喩え、ウミヘビ、さらには頭髪が無数の毒蛇で、見た者を石に変えるメドゥーサまで持ち出し、攻撃性が強調される。なにより、脱皮を繰り返す蛇という象徴を考えれば、同時に複数存在する自己というより、時間と共に変転する自己を思い描いているようだ。

第二セクションも狩る者と狩られる者、という話題から始まるが、生者が死者（そのうちには戦争中に亡くなった伯母も含まれる）に狩られる、という不思議な発想は、どうやら父祖への強い意識から来ていて、それは自己探求を語るが故のことだが、その後はさまざまな都市の列挙、はたまた物語の断片風の記述などが交錯して、混乱はいや増す。

第四セクションに入ったところでは、また多元性への言及がある。

One of me is standing in the waves, an ocean bather,
or I am naked with a plate of devils at my hip.

(CP 255)

ぼくの一人が波のなかに立つ、海水浴をしている
さもなきゃぼくは裸で悪魔のプレートを尻につけている。

海水浴としゃれこむ優雅な自己、だがその裏には裸の自分に悪魔が取りついていることに気づく。直後、この詩が献じられた友人の画家グレイス・ハーティガンの名前にちなんだ詩行に出くわす。それは、オハラの人生を言い当てていて、墓碑銘ともなった。

Grace
to be born and live as variously as possible. The conception
of the masque barely suggests the sordid identifications.

(CP 256)

恩寵
とは、生を享け、あたうかぎり多様に生きること。仮面などという

発想は下劣な自己像の群れをかろうじて隠すだけ。

多様な自己、と言いつのるものの、仮面もぎりぎりのところで効用を発揮するだけだと告白する。だから、このあとホイットマンばりに「私は……」とカタログ状にさまざまな「自己同一」を試みるものの、分裂していくばかり。

最終セクションは、「さて、蛇の番となった」（"And now it is the serpent's turn"）という発語のとおり、蛇のことが一貫して語られる。とはいえ、ここでも解釈は一筋縄ではいかない。あるいは、様々な解釈も許すかのようで、決定不能におちいりそうになる。それでも、戦争の比喩、また多元性への言及も依然として見出せる。――「わが肉体、わが多数の自己への裸のホスト」（"my body, the naked host to my many selves"）。だが、この長い詩をしめくくる最後の一節は、そんなこだわりに見切りをつける。

and I have lost what is always and everywhere
present, the scene of my selves, the occasion of these ruses,
which I myself and singly must now kill
and save the serpent in their midst.

（CP 257）

そしてぼくは失った、いつもどこにでも
存在するもの、わが自己たちの光景、これら計略たちの場、
それをぼく自身で、しかも単独で今や殺し
そのさなかに蛇を救わなければならない

このように、複数の自己を抹殺しなければならない、と最終的な断を下している。それゆえに、変わりゆく象徴としての蛇が救われるのだ。これこそ、オルソン流の「次なる知覚への繫がり」という詩学への転換である。

オハラ研究の先鞭をつけたパーロフは、この詩が「［……］オハラ最良の自伝的作品であるばかりか、わたしたちの時代の傑作でもある」(Perloff 141) と手放しで絶賛してから、「中心テーマは、内なる自己——外敵の攻撃にあって消散しそうな恐れのある自己——の断片化と再統合」(141) と断じる。たしかに、特定されない敵への警戒心と防御の可能性が詩をとおして語られ、ここに冷戦下の同性愛者狩りが反映されているとも取れるが、「再統合」については少なくとも本章の分析にはそぐわない。

一方、この詩は「変幻自在にして絶え間なく変化する自己を信じること」であり、「オハラのプラグマティックな自己認識のきわめて豊かな一例」(Epstein 99) であるというエプスタインの論には同意できる。だが、つづけて「自己を消しながら同時にその重要性を主張するという逆説的なス

タンス」(99)というところには首肯しかねる。ここまで論じてきたように、自己を消すことはオハラの詩に特徴的ではあるが、重要性についてはこの詩人がこだわるとは思えないからだ。

そして、この詩からおよそ一カ月半後に「彼らから一歩離れて」が書かれた、という事実は興味深い——三十歳になったときのことを、伝記作者のブラッド・グーチは以下のとおり記しているからだ。

一九五六年、オハラ三十歳の誕生日に、グレイス・ハーティガンは自分のスタジオでパーティを催したと思われる。『フォルダー』誌の編集人デイジー・オルダンは彼が泣いているのを見つけて、理由を問うた。「だって、今日ぼくは三十歳で残り人生も少ないから」とオハラは説明し、酒をすすりながらおのれの死を激しくもロマンティックに悼んだ。ちょうど一年前に、ジェイムズ・ディーンの死を悼んだように。「チャタートンは十八歳で死んだ。キーツは二十六歳だった」。同じ日に、「わが感情を悼んで」を書きはじめた。グレイス・ハーティガンに捧げられた詩で、タイプライターに巻きつけた用紙を残しつつ、続く四日間断続的に戻ってきては書いた。〔……〕それまで書いていた詩にオハラは満足していなかった。「わが感情を悼んで」を新たな始まり、出発として書いたのだ。(Gooch 283)

かくもの心理状況から、シュルレアリスティックに言葉を蝟集させた初期の作風を葬り、しかし題名が示すように、葬りきれずにこれで最後とばかり「わが感情を悼んで」に思いのたけを奔放なイメージでぶちまけた、と見ることはできないだろうか。そして、新たな詩人としての出発を手さぐりし、変化の相を刻むことのできる「ぼくがこれをやり……」という新しい詩法、オハラのきわめて独創的なスタイルにたどりついたのである。

エピローグ

以上のように、詩人フランク・オハラが生涯深くかかわった美術と音楽との関係を探りつつ、その詩法を析出し、その起源をオハラの詩的個性／非個性のなかに求めた。

抽象表現主義の画家たちと公私にわたる関係のなかでオハラは即興的に、しかしあくまで意識的に書きつつ、主題なき詩を書く方法を身につけた。それは「ぼくがこれをやり……」というきわめて特異で独自なスタイルへと結実する。一方で、冷戦初期にもてはやされた抽象表現主義の画家たちとはある面では軌を一にし、またある面では一線を画しつつ、ホモフォービアという抑圧を受けながら独特の反抗を試みることで、最終的判断を下さない詩へと到達した。

音楽についていえば、楽曲の刺激がこの詩人の生を支えるのはもちろん、抽象表現主義の画家たちとも馴染み深いフェルドマンの美学の影響から、素材そのものを提示する、という書き方に至った。

そして、これらの淵源を文学という場に求め、詩的個性というフィルターを通してみるなら、オハラの詩とはアメリカ現代詩の流れにあっては、個性的でありながら個性をおさえたがゆえの稀有な態度、と見ることができる。

最後に、もう少し広い詩史のなかにこの詩人を置いてみたい。

詩人とは、予言者の職分と結びつけられることが少なくなかった。ラテン語 vates の第一義は予言者であり、比喩的用法として詩人が挙げられている。イギリスでいえばウィリアム・ブレイクは予言者的詩人だったし、およそ百年後にはフランスでランボーも「見者」(voyant) としての役割を担い、幻視する力を駆使した。アメリカ十九世紀においても、エマソンが一八四四年のエッセイ「詩人」(“Poet”) のなかで「詩人の印と免状とは、誰も予見しなかったことを告げ知らせること (“The sign and credentials of the poet are that he announces that which no man foretold”)」(Emerson 27-28) と唱導して、やはり同様の使命を定めたため、私淑していたホイットマンはそれを実践しようとした。このエッセイから十一年後、それまでの長きにわたるジャーナリストとしてのキャリアを一転させ、予言者的な詩にあふれた『草の葉』初版を突如として自費出版。独特の「朗々たる」(declamatory) スタイルには、当時オペラに足繁く通っていたことの影響もあるが、旧約聖書の影響もあり、預言書のリズムが受け継がれたともいわれる。

ハイアット・H・ワゴナーはアメリカにおける見者詩人の系譜を辿りつつ、ホイットマンとブレイクとの差異を明らかにする。ホイットマンはブレイクの予言書のような神話を創らなかったし、聖書を作り変えることなくそのまま受け入れていた（26-27）。そのため、愛国者ホイットマンがブレイクの『アメリカ　予言』のような詩を書きえなかったのは、「〔……〕ブレイクの詩的『ヴィジョン』は『予言』と『想像力』と同義語だったのに対して、ホイットマンにとっての『ヴィジョン』の意味から〔……〕見ること、それも文字通り見ることとの繋がりが完全に失われることはなかった」（28）からだ、と述べる。現実との距離がきわめて近かったのである。

そう見るなら、ニューヨークを闊歩しながら材料を拾い集めて書いた（ゲイの）詩人、という点でオハラとホイットマンの共通点は少なくない。だが、オハラの詩の内容のみならず語法やトーンに予言者的なところは微塵もない。その点で、オハラと同年生まれのギンズバーグとの差異も明らかになるだろう。オハラは、文体でも交友のうえでもニューヨーク派とビート派の橋渡しをするような存在ではあったものの、その違いは歴然としている。ギンズバーグはコロンビア大学在学中にブレイクの声を聞くという幻聴経験をもち、以後予言者詩人としての職分とミッションを強く意識するようになる。そして、ビート派の旗揚げになるとともに発禁処分になるなど何かと話題を呼んだ「ハウル（"Howl"）」（一九五五）を書いた——

> I saw the best minds of my generation destroyed by madness, starving hysterical naked,

dragging themselves through the negro streets at dawn looking for an angry fix,
angelheaded hipsters burning for the ancient heavenly connection to the starry dynamo in the machinery
of night, [...]
(Ginsberg, 9)

ぼくは見た、ぼくの世代の最良の精神が狂気によって壊され、ヒステリックに飢えて裸身をさらし
夜明けにニグロの通りに身をひきずり、怒りの処置／注射を探すのを
天使の頭をしたヒップスターたちが夜の機械装置の星の発電機との古代の天上の関係を求めて
燃えるのを〔……〕

ホイットマンよりも悲観的で暗いとはいえ、長い行、叫ぶような語りはまさにホイットマン伝来のものである。何より、おのれのヴィジョンを人々に訴えて導こうとする調子は、この初期の代表作の冒頭から明らかだ。

一方、そのような役割を自覚せず、というか端から持ち合わせていないのがオハラなのである。とするなら、突飛ながらロマン派の詩人ジョン・キーツと繋げてみたくもなる。死を予感したキーツは墓碑銘に次の言葉を選んだからである。

Here lies One
Whose Name was writ in Water
Feb 24th 1821

ここに眠る
水に名前を書かれし者
一八二一年二月二十四日

これはキーツのオリジナルな発想ではないし、先行テクストでは水に書かれることが肯定的でもあり、また否定的でもあった（五島 一九―二九）。「美が真実」であったキーツにオハラを比べることにはそもそも無理があるものの、この先輩詩人は墓碑銘に名前さえ残さなかったことは特筆に値するし、ファニー・ブラウンへの手紙には「自分が死んでも、永遠に残るような作品を残したことにはならない」という言葉がある（Keats 335）。詩人としての潔さという点ではオハラと共通するのだ。そして、都市を徘徊するオハラの詩的態度を勘案するなら、それは「風に書く」――"writ in wind"――こと、とでも呼べるのではないだろうか。パーティで人と話しながら詩を書き散らし、あるいは散歩の途中でオリベッティのショールームで一瞬のうちに詩を打ちこみ、あとは推敲することなく、出版することさえ放擲してしまう、という態度は、まるで風に向かって書いているかのようだ。繰り返すが、風は変わりやすいものの象徴であり、変化してやまない現実を瞬間的に書き取るオハラの詩法には叶っている。

第二章に挙げたフルシチョフ訪米の詩も、風を最後に挙げていた。

as the train bears Krushchev on to Pennsylvania Station
　and the light seems to be eternal
　and joy seems to be inexorable
I am foolish enough always to find it in wind

(CP 340)

列車はフルシチョフをペンシルバニア駅まで運び
　そして光は永遠のようで
　そして喜びは止めがたいようで
ぼくは愚かにもいつもそれを風のなかに見出す

フルシチョフのことを思い出したかのように触れたあと、やはり結びではそんな話題から気まぐれに逸脱して光と喜びの大きさを語り、それが風という媒体をとおして覚醒できることを再確認している。もちろん、最終行の「それ」はどこまでも曖昧にされているところ、そして「愚かにも」、と謙遜するところも、この詩人らしい。

さらに、第三章でフェルドマンが曲をつけた"Wind"(冠詞をつけないために物質感が強調されている)では、風に舞うかのように言葉が発せられている。それは、フェルドマンの楽曲における音の布置にならったからでもある。そのためか、言葉は一、二行の間は意味を成すものの、連なって統一的な意味を構成することはない。それでも、「封じ込め」への反発を控えめに滑りこませ、決して声高な主張へと導かないやり方は象徴的にオハラの方法を表わしている。

かくまで独創的で特異な詩法をつくりあげたオハラは、一九五〇年代と六〇年代前半をいかにも伸びやかに生きたようにも見える。だが、この時代は第二次世界大戦後の解放感にいろどられると同時に、反共と同性愛嫌悪にみちた冷戦初期でもあり、「包囲された自由」(Stephanson 84)という表現がまさに当てはまる。もちろん、どこまで自由を享受できて、どこまで抑圧にひるんでいたか、そのバランスをどの程度取れたのかは表現者個人によって異なるとしか言いようがないものの、少なくともオハラの場合には、あけっぴろげで、しかし決して大言壮語することなく、「生を享け、あたうかぎり多様に生きる」(「わが感情を悼んで」)ことを「恩寵」と呼ばずにはいられなかったのだ。

付録　フランク・オハラ詩選

一九五〇年の戦没者追悼記念日

ピカソがぼくをタフで敏捷にした、そして世界も——
ものの一分でプラタナスの木がぼくの窓辺で創造者たちの
手によって倒されたように。
彼が斧をふるうと誰もがあわてふためき
最後の側溝と瓦礫の山めがけて競い
合った。

　　そんな外科手術の間
ぼくにも言い分がたくさんあると思い、ガートルード・スタインが
やり残した最後のものをいくつも名づけた。それでも

戦いは終わり、あんなものたちは生き延びて
恐れているときでも芸術は辞書にはならない。
マックス・エルンストがそれを教えてくれた。

何と多くの木々と
フライパンをぼくは愛し失ったことか！
ゲルニカは、気をつけよと叫んだ！
けれどぼくらは忙しくて目がパウル・クレーに
語れたらと思っていた。ぼくの母と父が尋ねるのでぼくも
ぴちぴちの青いパンツのまま告げた、ぼくらは石、海、
英雄的人物のみ愛すべきだ、と。
見放された子よ！　おまえの脛を棍棒で打ってやる！　年寄りどもが安ホテルの
ぼくの部屋に入ってきてはぼくのギターとぼくの青い絵の具缶を壊した
ときも、まあそんなものかと思った。

そのときぼくらはみな素手で考えはじめ
手は血だらけの
ままでも、ぼくらには水平と垂直の違いはわかっていた、ぼくらは
何も汚さずただその生き方に気づいた。
ダダの父たちよ！　あんたたちはピカピカのトラクター玩具を
荒れて骨ばったポケットに入れていた、あんたたちは心も広く

玩具はチューインガムや花のように綺麗だった！
サンキュー！

　　　そして詩なんてクソさ、と思った
連中はオーデンやランボーに首を絞められた
そのとき神経症のゼウスに送られて、ぼくらは彼らのベッドで
コラージュだのシュプレヒシュティンメ*で遊ぼうとした。
おもちゃなんぞで遊ぶな、と詩は告げたりしなかったが、
ひとりでいたら人形が死を意味することなど
わからなかっただろう。

　　　　　　ぼくらの責任は夢のなかでは
始まらなかった**。それはベッドのなかだったが。愛とは
そもそも実利のレッスン。ぼくには下水道が白くピカピカの
便座の下で歌うのが聴こえるし、いつかどこかで
海へと達することもお見通し。
カモメやメカジキはそれが川より濃密とわかるだろう。
そして、飛行機は完璧なモビールで、そよ風など
おかまいなし。炎に包まれて墜落するとき放蕩とは何たるかを
見せつける。おおボリス・パステルナーク、ウラル山脈でもひときわ

高いあんたに呼びかけるのは馬鹿げているとしても、あんたの
声はぼくらの世界を清くする、ぼくらにとって病院よりもきれいだ。
あんたの声は工場の高慢ちきなガラガラ声にまさって響く。
詩は機械と同じほど役に立つ！

ぼくの部屋を見てくれ。

ギター弦で絵を何枚も吊している。ピアノに歌って
もらう必要もないし、名づけることだけが
ものを作る意志となる。機関車はチェロよりも
きれいな音を出す。ぼくは防水布をまとい、ギヨーム・アポリネールの
陶器製燭台のもとで音楽を読む。今や
父が逝き、わかった、ものを見るには目でなく、腹でやらねば
ならない、と。父が耳を傾けてくれてさえいたなら——
閉じ込められた豚のように叫びつつぼくらを作った人々の声に！

（一九五〇）

＊　語りによる歌唱。
＊＊　デルモア・シュワーツの有名な短編小説の題名のもじり。

わが心

いつも泣くようなことはしない
いつも笑うようなこともしない
ひとつの「調子」を好んで他はだめということもない。
できの悪い映画の直接さがいい
眠気を誘うだけでなく、大げさで
ごてごてと作られたのを封切りで。とにかく
野暮天のように生きいきとしていたい。そしてもし
ぼくのゴタゴタを好むファンが「それはフランクらしく
ない！」と言っても、それでよし！　ぼくは

いつもチャコールグレーのスーツを着るわけではない、
よね？　否。ぼくはオペラだってよく普段着のままで
行く。ぼくは裸足でいたいし、
髭も剃っていたいし、そしてぼくの心――
人は心など当てにはできないが、
そのかなりの部分、ぼくの詩は、開かれている。

（一九五五）

詩（インスタント・コーヒー）

インスタント・コーヒーにちょっぴりサワー・クリーム
を入れたもの、そして彼方への電話
それはちっとも近づいてきてくれそうにない。
「ああダディ、何日も何日も酔っていたい」
それも知り合ったばかりの友の詩を読みながら
ぼくの人生は他人の見つめる手で、彼らとぼく
との不可能性で、あやうく支えられている。
これが愛なのか、不可能なことなどなかった
最初の愛がついに死んだ今こそ？

（一九五六）

不安

リアルな一日をすごしている。
やらなきゃ
いけないことがあった。でも、何だったか？
それに代わりうるものはない、ただ
ひとつの何か。
酒を手にしてはいるが
それでは役に立たない——全くだめだ！
ぼくは
前より気分が悪い。どんな気分だったかは

思いだせない、だから気分が良いのかもしれない。
いや。少し暗いだけ。
　　　　　　　　　　　　もし本当に
暗く、ぜいたくに暗く、酔ったように
なれるものなら、それは最高それは
開けた場のようなもの。最高ではないにせよ

ありえないほど純粋な光をのぞけば
最高、まるで広大な草原に
いて、深い草のなかの細かい黄金の穂先の上を
突進したり止まったりするかのよう。
しかし今なお、暗い顔から低く響くおなじみの
笑い声、愛着は人間的でしばしば対等で——

刺激的でさえある?　暖かく歩く夜
　　　　　　　　　　　　　　　　闇の

さまよう愉しみ、唇、

そして
あの光、いつも風のなかに。おそらく
それだ。きれいにすることだった。窓を？

（一九五六）

詩（光）

光　明るさ　朝のアボカド・サラダ
あれだけひどいことをやったあとで、驚いたことには
許しと愛を見いだす　許しでさえない
やったことはやったことだし　許しは愛ではなく
愛は愛で　何も悪くなりはしないから
ただ物事は苛立たしく退屈でどうでもよくなるが
（想像のなかでは）　それも本当は愛のためではない
一ブロック離れても人は遠く感じるが　そこにいるだけで
すべてが変わる　紙の上に落ちた化学物質のように

そしてすべての思いは奇妙で静かな興奮のうちに消える
息で強められて　これだけは確信がもてる

（一九五九）

君と一緒にコークを飲むのは

ずっと楽しい　サン・セバスチャン、イルン、アンダイエ、ビアリッツ、バイヨンヌに行くことより
バルセロナのトラベセラ・デ・グラシア通りで腹をこわすことより
ひとつにはオレンジ色のシャツを着た君はずっと幸福そうなサン・セバスチャンだから
ひとつにはぼくは君を愛しているからひとつには君はヨーグルトが好きだから
ひとつには白樺のまわりに蛍光オレンジ色のチューリップがあるから
ひとつには人々と彫像の前でぼくらの微笑がまとう秘密があるから
君といると信じられないのは、彫像ほど静謐で
荘厳でいやになるぐらい決定的なものがあるということ　そのとき彫像のまん前で
暖かなニューヨークの四時の光を浴びてぼくらは互いの間を行ったり

来たりする　彫像たちの壮観を縫うように息づく木のように
そして肖像画展には顔が全くなくて、ただ絵の具だけのようで
君は突如思う　一体全体誰がそんなものを描いたのかと
　　　　　　　　　　　　　　　　　　　　　ぼくは君を
見ていると　世界中の肖像画より君を見ていたくなる
ただし例外は『ポーランドの旗手』*の時かな　何たってフリック**にあるし
よかった　君はまだ行ってないから初めて一緒に行けるし
君がそんなに艶やかに動くので未来主義だってまあ目じゃない
家ではぼくも『階段を降りる裸体』***のことはどうでもいいしリハーサルでも
かつてワオー！　と思ったダ・ヴィンチやミケランジェロの一枚たりとも考えない
そして印象派画家たちによる研究とやらもどんな役に立つというのか
日が沈むとき木の脇に佇むのにふさわしい人物だって描けないというのに
マリノ・マリーニ****もそうだ　馬ほど念入りには乗り手を
造れなかった
　　　　　彼らはみな途轍もない経験を台無しにした
けれどぼくにとって無駄にはならないだから君にそのことを話しているのさ

（一九六〇）

＊　ウィレム・ドロステとレンブラント・ファン・レイン作の絵画。
＊＊　マンハッタンの北にあるフリック美術館。
＊＊＊　マルセル・デュシャン作の絵画。
＊＊＊＊　馬に乗り、腕を広げた男性をかたどった彫刻で知られる。

ステップス

あなたは何ておかしいんだ、ニューヨーク
まるで『スウィング・タイム』のジンジャー・ロジャースとか
聖ブリジット教会の尖塔がやや左に傾ぐさまにも似て

さて戦勝記念日だらけのベッドから飛び出すと
（攻撃開始日にはうんざりしたので）青くあなたはまだそこにいて
愚かで自由なぼくを受け入れる
そこに部屋があって
あなたがそこにいさえすればいい

そして交通さえも密集して身動き取れないように
人びとはたがいに袖ふれ合い
医者の手術用具が刺さってても
そのまま一緒にいる
今日いっぱいは（何という日）
ぼくは職場に寄ってスライドを確かめあの絵は
こんなに青くないぜなんて言う

ラナ・ターナーはどこへ
外へ食べに行っている
そしてガルボはMETの楽屋にいる
誰もがコートを脱ぐので
胸郭を胸郭観察者に見せられるし
公園はダンサーだらけでタイツとシューズを
小さなバッグに詰めているし
ウェスト・サイドYMCAの筋トレ人間と見まごうがそれも
いいじゃないか
ピッツバーグ・パイレーツは勝ったので叫び

ある意味でぼくらはみんな勝っている
ぼくらは生きている

アパートからはゲイのカップルが引き揚げ
愉しみを求めて田舎へ移ったが
移るのは一日早すぎた
人を刺すことさえ人口爆発を助けている
悪い国でのことだけれど
そしてあの嘘つきどもは国連を去った
シーグラムビル*はもはや興味を競う敵ではない
ぼくらに酒が必要なわけではない（ただ好きだということ）

そして小さな箱が舗道に置きっぱなし
それもデリカテッセンの隣に
なので老人は座ってビールを飲んでいられるけど
夕方には奥さんに立ち退かされる
まだ陽も高いというのに

ああ　何とすばらしいこと
ベッドから出て
コーヒーをいやというほど飲んで
煙草をいやというほど喫って
あなたをこんなにも愛せるなんて

（一九六〇）

＊　五二丁目と五三丁目の間のパーク街三七五号にある超高層建築物。

アヴェ・マリア

アメリカの母たちよ
　　子供たちを映画に行かせなさい！
家から追い出せばあなたが何をしでかしているか知る由もない
たしかに新鮮な空気は身体にいいけれど
　　精神はどうするというの
それは暗がりで育つもの、銀幕で浮き彫りにされるもので
あなたが年を取っても　年とは取らざるをえないものだけれど
　　子供たちは憎んだりしない
非難することもない知ることもない

それは土曜の午後とかに学校をサボッて初めて観たもの
　　　　　　　　　　　　　子供たちはどこかの魅惑的な国にいる
子供たちはあなたに感謝するかもしれない
　　　　　　　　　　　初めての性的経験をしたのだから
それもたった二五セントで
　　　　　　　　平和な家庭をこわさないままで
子供たちはキャンディーバーが　無料でポップコーンが
　　　　　　　　　　　　　どうして手に入ったかを知るだろう
無料だからと終わる前に映画館を出るかもしれない
それも感じのいい赤の他人と一緒に　その人のアパートはウィリアムバーグ橋の近くの
地上楽園ビルにある
　　　　　　おお母たちよ　あなたがたはガキどもを幸福にしたことに
なるのですよ　というのも誰かが映画館へ迎えに行かなくても
何とも思わないだろうから
　　　　　　　　そして誰かが迎えに行くとしたらまったくの儲けものだが
彼らはどのみち映画を本当に楽しんだことになる
もし観せないとしたら　庭とか部屋で

ただぶらぶらするしかなくて
あなたがたを若くして恨む
でしょう　たとえ酷い仕打ちをしてないとしても
暗闇の喜びから遠ざけたのだから
そんなことは近頃では許しがたいです
だからぼくを責めないで　この忠告を聞かず
家庭が崩壊し
あなたの子供たちが大きくなって目も不自由になってから
若いころに
観せてもらえなかった映画をテレビで観ることになったとしても

（一九六〇）

註

第一章

（1）　グリーンバーグ論文に関しては、『水声通信』二三号（二〇〇八年）所収の永井敦子による論考「クレメント・グリーンバーグのシュルレアリスム批判」（一一二―一一三頁）に負っている。

（2）　アッシュベリーはシュルレアリスムがなかったらこの時代の実験的な表現はありえない、と断言しつつも、この運動そのものの政治性に焦点をあてて、「すべての革命と同様、古いやり方を新しい制限によって置き換えた点で直接の有効性にも限界があることを露呈し、最後には運動としての衰退をもたらした――ただ触媒としての有効性は続いてはいる」（"Heritage" 5）と冷静な判断を下し、あくまでシュルレアリスムのもたらす効果のみを強調する。アッシュベリーはまた別のところで、「完全なる自由」（total liberty）という殺し文句への疑いを表明し、フランスで興りヌーヴォー・ロマンにもつながる「ウリポ」（Oulipo）の運動のように「制限」（constraint）を設け、そこから特殊な自由さを探索することをむしろ求めていたことを明かす（*Oulipo Compendium* 裏表紙）。
さらには、シュルレアリスム運動の中心にいるブルトンと、その軍隊的な制度への反発もあった。何といっても、それは共産主義的な革命志向を鮮明に打ちだし、それゆえ政治性の色濃いマニフェストをともなう運動なのであった。一方で、ニューヨーク派の詩人たちは詩論を開陳することの孕む政治性には抵抗していた。ライトル・ショーが述べるように、「オハラは、宣言や教訓的散文ではなく、詩そのものが文化言説の主たる場たるべきであると主張した」(Shaw 59)。

(3) 語り手が最初に指摘した"SARDINES"が何であるかは分からない。というのも、次の連でそれがないことに気づいて画家に問う際、「残っているのは/文字だけ」と報告されるからだ。ちなみに、この絵には最終的にかすれた文字で"SARDINES"と残されている。

(4) アウスランダーは、基本的に再現的であるラウシェンバーグなどのコラージュ芸術家(ポップアート第一世代)に、オハラが近いという――抽象表現主義の「ハイ・アート志向」を考えれば、オハラはウォーホルなどの「ハードコア・ポップ」と親和性があるとも指摘している(Auslander 21)。

第二章

(1) ただし、このセンセーショナルなまでの陰謀暴露も、グレッグ・バーニゼルの『冷戦モダニスト』(*Cold War Modernists*)では括弧付きの「修正主義」だとされ、それに対してさらなる修正がほどこされるべきだと主張されている。たとえば、CIAと一言でまとめているが、アメリカ政府自体の複雑さからいってそう単純であるはずがないのだ、と(Barnhisel 8-11)。

(2) カミール・ローマンの『エリザベス・ビショップの第二次世界大戦と冷戦への見解』(*Elizabeth Bishop's World War II–Cold War View*)は、エリザベス・ビショップが戦勝ムードに酔うアメリカの「勝利の物語」に警告を与える詩を書いていることを指摘し、本論への大いなるヒントになった。また、ジョン・W・ダウアーは『アメリカ 暴力の世紀』のなかでルースによる「勝利宣言」を強く批判している。

(3) デイヴィッド・アンファムによれば、あえて粗野に描くこと、それによってアメリカ的な加工(プロセッシング)という神話から脱することでもあった。

〔スティルの絵画では〕、どんな錯覚も「殺される」（これも彼の言葉）というが、それは、層を重ねるときわめて直接的で、すべてが前面となるからで、その粗野なところもすべてをプロセス化させる慣習への意図的な侮蔑なのである。そんなプロセス化こそ、スティルの考えでは戦後のアメリカ人――時代に即したメタファーの使い方によれば、「鎮静剤……草原の牛ではなく、ハワード・ジョンソン〔訳注・当時広がっていたモテルチェーン〕のハンバーガー」を求めていた――を骨抜きにしてしまっていた。（Anfam 152-153）

オハラもアメリカ文化を語るとき、文学にも言及し、十九世紀からはホーソーン、メルヴィル、ポー、ホイットマンの名前を挙げ、二十世紀からはルイス、ドライサー、ヘミングウェイ、フォークナーを推奨している。リアリズム作家としてのドライサーだけでなく、ヘミングウェイなどの選択は――典型的な推薦状の書き方であるとしても――意外というほかはない。

（4）　ＭｏＭＡのアーカイヴ所蔵の「オハラ・ペーパーズ」（"O'Hara Papers"）に収められた資料による。

（5）　冷戦初期の文化についての論考を吟味したスティーヴン・ベレットは、すべての同時代文学を封じ込め政策に回収させることの危険を皮肉を込めて警告している――「封じ込めというモデルは美学（とか個人生活）と政治の関係性を説明するのに便利なので、封じ込めに注目する批評傾向は『冷戦文学』という概念をわかりやすく解くために最良の、あるいは唯一の方法ではある」（Belletto 81）。

（6）　そもそも、前章で触れたシュルレアリスムからの脱却にも、この性的嗜好がからんでいる。ブルトンの唱えるシュルレアリスムに含まれるホモフォービアも問題だったことには疑いの余地がない――「そして、たとえこの前衛隊としてのシュルレアリスト集団がユーモラスな側面をもっていたとしても、シュルレアリストの戦闘的な多くの面には根深い同性愛嫌悪があったことはニューヨーク派の書き手たちにとっては問題でありつづけた」（Shaw 57）。

第三章

（1）　一章で触れたように、ポロックがオハラ自身に「そう暗くはない／未来へと運んでくれる」力を与えているとしたら、どのような意味でなのか。『ジャクソン・ポロック』と題された画家論のなかで、オハラもたしかに「大きくて厚かましいジゴロ」（26）などとこの画家を世評いわれるような形で表現しながらも、「それでもその特異な性質とはその自然な野卑さである。美しくはないが、リアルではある」（26）と評価し、さらに言葉を補う。

この磁場において、この芸術家の肉体的エネルギーはアクチュアルな細部にわたり、全面的に機能する……それはこの芸術家の肉体的リアリティであり、それを表現する彼の活動であり、この芸術家の精神的リアリティに結びつけられるとき、比喩や象徴などの媒介を必要としない。（29）

このように、オハラは「リアルさ」を強調してやまない。そして、それが比喩や象徴とは結びつかないと敷衍されるとき、おのれの詩への自己言及にもなっているとともに、フェルドマンとの共通点をも示唆している。

第四章

（1）　「しかし、強力な『エゴ』を捨てようというのは、モダニズムの基本的方向性であった――エリオットの『非個性』の詩のみならず、イェーツの降霊やオブジェクティヴィストの過程の詩学などにもそれはある」（Howarth 215）と、ハワースはモダニズム全般にこのことが意識されていたと指摘している。

（2）　並列法の展開自体は、ポストモダン的詩学の先がけでもある（Joseph Conte 参照）。ポストモダン、という点からは、オハラ的な「平板さ」（flatness）を、フレデリック・ジェイムソンのひそみに倣って「ポストモダンに中心的な特徴としての『情動の欠如』」（Silverberg 101）、つまり拡散化と平板化と見ることもできよう。

（3）　テレル・スコット・ハーリングの「フランク・オハラのオープン・クローゼット」も、違う角度から、個性的であり同時に非個性的であることを論じる。「パーソニズム」を元に「形式は個性的だが、内容は非個性的」（Herring 417）とするハーリングは、序に挙げたラナ・ターナーの詩さえも公的領域を存分に扱っているし、何よりもそれは時代に照らしたときにエッセイの題名が示すようにオハラ独特の「オープン・クローゼット」の証しなのだとする。

略年譜

＊ 主にマーク・フォード編 *Frank O'Hara Selected Poems* (Knopf, 2011) の年譜に拠った。

1926

三月二十七日、ラッセル・ジョゼフ・オハラとキャサリン・ブロデリック・オハラ夫妻の長男としてメリーランド州ボルチモアに生まれる。家族はその翌年、マサチューセッツ州グラフトンに移る。その後、ウースターにあったカトリック系のセント・ジョンズ・ハイスクールで学ぶ。

1944

ボストンのニュー・イングランド音楽院に毎土曜日通い、ピアノを学ぶ。

1944-46

第二次世界大戦に従軍。潜水艦USSニコラスに水測員として乗船、南太平洋や日本沖で任務にあたる。

1946-50

復員兵援護法によりハーヴァード大学に入学。学生寮の部屋を画家エドワード・ゴーリーとシェアする。フランス詩とロシア文学を読みふける。

1950

音楽専攻から英文学専攻へと変わる。学内誌『アドヴォケット』の編集をしていた、のちのニューヨーク派の盟友ジョン・アッシュベリーと出会い、詩を寄稿する。ポエッツ・シアターの設立にも参加。

1951

ハーヴァード大学で学士号を得たのち、ミシガン大学大学院に入学。英文学を学び、修士号を取得。ホップウッド賞（創作詩部門）を受賞。修了後にニューヨークへ移住。ジョー・ルスールと知り合い、十一年間にわたる共同生活を始める。近代美術館（ＭｏＭＡ）で受付の仕事に就く。

1952

『街の冬その他の詩』（*A City Winter and Other Poems*）をチボー・ド・ナジー画廊から出版。この頃ジャクソン・ポロックやヴィレム・デ・クーニングなど抽象表現主義の画家と知り合いになる。

1955

一時ＭｏＭＡを離れて『アート・ニューズ』誌の副編集長の職に就いていたが、ふたたびＭｏＭＡに復職。海外プログラム部門の特別アシスタントに就任。

1956

ふたたびＭｏＭＡを一時休職し、ケンブリッジのポエッツ・シアターで活動。アッシュベリーの戯曲『妥協』（*The Compromise*）などを演出、出演。

1957

詩集『緊急時の瞑想』（*Meditations in an Emergency*）をグローヴ・プレスから出版。この頃、ビート派のジャック・ケルアック、アレン・ギンズバーグ、グレゴリー・コーソらと知り合いになる。

1958

初めてヨーロッパに旅をし、ベルリン、ヴェニス、ローマ、パリを回る。

1959

美術評論『ジャクソン・ポロック』（*Jackson Pollock*）（ジョージ・ブラジラー社）を出版。

1961-62

美術季刊誌『カルチャー』の編集に携わり、美術批評を寄稿。

1963

ニュー・スクールで詩を教える。フランツ・クライン展のためにアムステルダムを訪れる。その他、ヨーロッパ各地七カ国を訪問。

1964

『ランチ・ポエムズ』（*Lunch Poems*）をシティ・ライツ社より出版。画家ジョー・ブレイナードとコラージュなどを共作する。

1965

ロバート・マザウェル回顧展を企画する。

1966

彫刻家デイヴィッド・スミス展のためにオランダを訪問。ポロックの回顧展準備に取りかかる。七月二十四日、ニューヨークのファイア・アイランドで早朝にサンドバギーに轢かれ、肝臓破裂により死去。享年四十。ロング・アイランドのグリーン・リバー・セメタリーに埋葬される。

1971

『全詩集』（*Collected Poems*）（クノップ社、ドナルド・アレン編）が出版される。翌年、全米図書賞（詩部門）を受賞。

1975

『美術評論集　一九四五—一九六六』（*Art Chronicles 1945-1966*）（ジョージ・ブラジラー社）が出版される。エッセイ集『ニューヨークで佇んだり歩いたり』（*Sanding Still and Walking in New York*）（グレイ・フォックス社）が出版される。

1977

『初期の詩と散文』（*Early Writing*）（グレイ・フォックス社）が出版される。

2001

『拾遺詩篇』（*Poems Retrieved*）（グレイ・フォックス社）が出版される。

参考文献

Abrams, M. H. "Structure and Style In the Greater Romantic Lyric." *From Sensibility to Romanticism: Essays Presented to Frederick A. Pottle*, edited by Frederick W. Hilles and Harold Bloom, Oxford UP, 1965, pp. 527-559.

Allen, Donald M., editor. *The New American Poetry 1945-1960*. Grove Press, 1960.

Altieri, Charles. *Enlarging the Temple: New Directions in American Poetry During the 1960s*. Bucknell UP, 1979.

Anfam, David. *Abstract Expressionism*. Thames and Hudson, 1990.

Ashbery, John. Backcover. *Oulipo Compendium*, edited by Harry Mathews and Alastair Brotchie, Atlas, 1995.

———. Introduction. *The Collected Poems of Frank O'Hara*.

———. "The Heritage of Dada and Surrealism." *Reported Sightings: Art Chronicles 1957-1987*, edited by David Bergman, Knopf, 1989, pp. 5-8.

———. "Frank O'Hara's Question." *Selected Prose*, edited by Eugene Richie, Carcanet, 2004, pp. 80-83.

———. "The Invisible Avant-Garde." *Reported Sightings*, pp. 389-394.

———. Introduction, *The Collected Poems of Frank O'Hara*, pp. vii-xi.

Auslander, Philip. *The New York School Poets as Playwrights: O'Hara, Ashbery, Koch, Schuyler and the Visual Arts*. Peter Lang, 1989.

Barnhisel, Greg. *Cold War Modernists: Art, Literature, and American Cultural Diplomacy*. Columbia UP, 2015.

Belgrad, Daniel. *The Culture of Spontaneity: Improvisation and the Arts in Postwar America*. U of Chicago P, 1998.

Belletto, Steven. "Inventing Other Realities: What the Cold War Means for Literary Studies." *Uncertain Empire: American History and the Idea of the Cold War*, edited by Joel Isaac and Duncan Bell, OUP, 2012, pp. 75-88.

Brewster, Scott. *Lyric*. Routledge, 2009.

Buettner, Stewart. *American Art Theory 1945-1970*. UMI Research Press, 1981.

Conte, Joseph M. *Unending Design: The Forms of Postmodern Poetry*. Cornell UP, 1991.

Crain, Caleb. "Frank O'Hara's 'Fired' Self." *American Literary History*, 9.2 (1997), pp. 287-308.

Culler, Jonathan. *Theory of the Lyric*. Harvard UP, 2015.

Davidson, Michael. *Guys Like Us: Citing Masculinity in Cold War Poetics*. U of Chicago P, 2004.

Delio, Thomas. *Circumscribing the Open Universe*. University Press of America, 1984.

Eliot, T. S. *Selected Essays*. Faber and Faber, 1976.

———. Preface. *The Use of Poetry and the Use of Criticism: Studies in the Relation of Criticism to Poetry in England*. Faber, 1964, pp. 9-10.

Emerson, Ralph Waldo. "The Poet." *Emerson's Literary Critisism*, edited by Eric W. Carlson, U of Nebraska P, pp. 24-45.

Epstein, Andrew. *Beautiful Enemies: Friendship and Postwar American Poetry*. OUP, 2006.

Feldman, Morton. *Give My Regards to Eighth Street: Collected Writings of Morton Feldman*, edited by B. H. Friedman. Exact Change, 2000.

Ferguson, Russell. *In Memory of My Feelings: Frank O'Hara and American Art*. U of California P, 1999.

Gilbert, Roger. *Walks in the World: Representation and Experience in Modern American Poetry*. Princeton UP, 1991.

Ginsberg, Allen. *Howl and Other Poems*. City Lights, 1956.

Glavey, Brian. *The Wallflower Avant-Garde: Modernism, Sexuality, and Queer Ekphrasis*. OUP, 2016.

Gooch, Brad. *City Poet: The Life and Times of Frank O'Hara*. Knopf, 1993.

Gray, Richard. *A History of American Poetry*. Blackwell, 2015.

Greenberg, Clement. "Surrealist Painting." *The Collected Essays and Criticism*, vol. 1, edited by John O'Brian, U of Chicago P, 1986, pp. 225-231.

Guilbaut, Serge. *How New York Stole the Idea of Modern Art: Abstract Expressionism, Freedom, and the Cold War*. Translated by Arthur Goldhammer. U of Chicago P, 1983.

Hassan, Ihab. "Toward a Concept of Postmodernism." *The Postmodern Turn: Essays in Postmodern Theory*, edited by Ihab Hassan, Ohio State UP, pp. 84-96.

Herd, David. "Stepping Out with Frank O'Hara." *Frank O'Hara Now: New Essays on the New York Poet*, edited by Robert Hampson and Will Montgomery, Liverpool UP, 2010. pp. 70-85.

Herring, Terrll Scott. "Frank O'Hara's Open Closet." *PMLA*, vol. 117, no. 3, 2002, pp. 414-427.

Howarth, Peter. *The Cambridge Introduction to Modernist Poetry*. Cambridge UP, 2012.

Kaiser, Charles. *The Gay Metropolis: The Landmark History of Gay Life in America*. Grove Press, 2007.

Keats, John. Letter to Fanny Browne. ? Febrary 1820. *John Keats: Selected Letters*, edited by Robert Gittings, OUP, 2009, p. 335.

Kikel, Rudy. "The Gay Frank O'Hara." *Frank O'Hara: To Be True to a City*, edited by Jim Elledge, U of Michigan P., pp. 334-349.

Koch, Kenneth. "A Note on Frank O'Hara in the Early Fifties."*Homage to Frank O'Hara*, edited by Bill Berkson and Joe LeSueur, Big Sky, 1988, p. 27.

Lehman, David. *The Last Avant-garde: The Making of the New York School of Poets*. Doubleday, 1998.

Lenzi, Marco. Liner notes. *Feldman: Music for Cello*. Trans. Kate Singleton. Brilliant Classics. 2013. CD.

LeSueur, Joe. *Digressions on Some Poems by Frank O'Hara*. Farrar, Straus & Giroux, 2003.

Loftin, Craig M. *Masked Voices: Gay Men and Lesbians in Cold War America*. State University of New York Press, 2012.

Lowell, Robert. *Collected Poems*. Edited by Frank Bidart and David Gewanter. Farrar, Straus and Giroux, 2003.

Mackie, Alwynne. *Art/ Talk: Theory and Practice in Abstract Expressionism*. Columbia UP, 1989.

Marion, Saxer. Liner notes. *Morton Feldman: Early Piano Pieces*. Trans. John Patrick Thomas and W. Richard Rieves.Wergo. 2012. CD.

Martin, Robert K. *The Homosexual Tradition in American Poetry*. U of Iowa P, 1979.

Mattix, Micah. *Frank O'Hara and the Poetics of Saying "I."* Fairleigh Dickinson UP, 2011.

Montgomery, Will. "'In Fatal Winds': Frank O'Hara and Morton Feldman." *Frank O'Hara Now*. pp. 195-210.

Noble, Alistair. *Composing Ambiguity: The Early Music of Morton Feldman*. Ashgate, 2013.

O'Hara, Frank. *Art Chronicles: 1954-1966*. George Braziller, 1975.

———. *The Collected Poems of Frank O'Hara*. Edited by Donald Allen. U of California P, 1995.

———. *Early Writing*. Edited by Donald Allen. Greay Fox, 1977.

———. *Jackson Pollock*. George Braziller, 1959.

———. *Standing Still and Walking in New York*. Edited by Donald Allen. Grey Fox Press, 1975.

Olson, Charles. *Selected Writings*. Edited by Robert Creeley. New Directions, 1966.

Parker, Alice C. *The Exploration of the Secret Smile: The Language of Art and of Homosexuality in Frank O'Hara's Poetry*. Peter Lang, 1989.

Perloff, Marjorie. Introduction. *Frank O'Hara: Poet among Painters*. New Edition. U of Chicago P, 1997.

———. *Frank O'Hara: Poet Among Painters*. U of Texas P, 1979.

Pound, Ezra. "To Harriet Monroe." *Imagist Poetry*, Edited by Peter Jones, Penguin, 1972, pp. 141-142.

Reddy, Srikanth. *Changing Subjects: Digressions in Modern American Poetry*. Oxford UP, 2012.
Rivers, Larry. "Speech Read at Frank O'Hara's Funeral: Springs, Long Island, July 27, 1966." *Homage to Frank O'Hara*. p. 138.
Robson, Dierdre. "The Market for Abstract Expressionism: The Time Lag Between Critical and Commercial Acceptance." *Reading Abstract Expressionism: Context and Critique*, edited by Ellen G. Landau, Yale UP, 2005, pp. 415-422.
Roman, Camille. *Elizabeth Bishop's World War II-Cold War View*. Palgrave, 2001.
Ross, Andrew. "The Death of Lady Day." *Frank O'Hara: To Be True to a City*. pp. 380-91.
Saunders, Frances Stonor. *The Cultural Cold War: The CIA and the World of Arts and Letters*. New Press, 2000.
Shaw, Lytle. *Frank O'Hara: The Poetics of Coterie*. U of Iowa P, 2006.
Silverberg, Mark. *The New York School Poets and the Neo-Avant-Garde: Between Radical Art and Radical Chic*. Ashgate, 2010.
Stein, Kevin. *Private Poets, Worldly Acts: Public and Private History in Contemporary American Poetry*. Ohio UP, 1996.
Stephanson, Anders. "Liberty on Death: The Cold War as US Ideology." *Reviewing the Cold War: Approaches, Interpretations, Theory*, edited by Odd Arne Westad, Frank Cass, 2000, pp. 81-100.
Sweet, David. "Parodic Nostalgia for Aesthetic Machismo: Frank O'Hara and Jackson Pollock." *Journal of Modern Literature*, vol. 23. no. 3-4, 2000, pp. 375-391.
von Hallberg, Robert. *American Poetry and Culture, 1945-1980*. Harvard UP, 1985.
Waggoner, Hyatt H. *Amerian Visionary Poetry*. Lousiana State UP, 1982.
Yingling, Thomas E. *Hart Crane and the Homosexual Text: New Thresholds, New Anatomies*. U of Chicago P, 1990.
五島正夫「水に書く——キーツの墓碑銘の出典と近代日本文学への影響」、『立正大学文学部論叢』、一九八六年、三—二〇頁。
サックス、オリヴァー『音楽嗜好症——脳神経科医と音楽に憑かれた人々』、太田直子訳、東京、早川書房、二〇一四年。
ソンタグ、スーザン『反解釈』、海老根宏、河村錠一郎、貴志哲雄訳、東京、ちくま学芸文庫、二〇〇五年。
谷口高士「心理学からのアプローチ」、山田真司・西口磯春編著『音楽はなぜ心に響くのか——音楽音響学と音楽を解き明かす諸科学』、東京、コロナ社、二〇一一年、八八―一一二頁。

ダワー、ジョン・W『アメリカ　暴力の世紀――第二次大戦以降の戦争とテロ』、田中利幸訳、東京、岩波書店、二〇一七年。

永井敦子「クレメント・グリーンバーグのシュルレアリスム批判」、『水声通信』二三号（二〇〇八年）、一一二―一二三頁。

ハリソン、マックス『ラフマニノフ　生涯、作品、録音』、森松皓子訳、東京、音楽之友社、二〇一六年。

ベンヤミン、ヴァルター「パリ――十九世紀の首都」川村二郎訳、「ボードレールのいくつかのモティーフについて」円子修平訳、『新編増補　ボードレール』（ヴァルター・ベンヤミン著作集6）川村二郎・野村修編集解説、東京、晶文社、一九六二年、九―三三頁、一六三―二二一頁。

ローズ、ソニア・O『ジェンダー史とは何か』、長谷川貴彦・兼子歩訳、東京、法政大学出版局、二〇一六年。

ロス、アレックス『20世紀を語る音楽　2』、柿沼敏江訳、東京、みすず書房、二〇一〇年。

あとがき

オハラは亡くなるまで長い間ＭｏＭＡに勤め、また個人的にもニューヨークの芸術家と文学者の間を休みなく飛び回っていたため、「オハラを無二の親友と思っていた人間が少なくとも六十人はいる」（Rivers 138）とまで言われた。また、「彼は常時トップギアに入り、自信に満ちあふれ、起きている時間には何をしていても活気にみち、スーパーチャージされ、退屈することなどなかった」（LeSueur xv）とも。そんなことから、四十年という比較的短い生涯を一気に駆け抜けた、などという早逝の詩人のための常套句が当てはまりそうだし、実際にその詩風もニューヨーク独特の狂騒的な空気を反映しているようにもみえる。だが、ちょうど一九五〇年代が折り返すころに書かれた「緊急時の瞑想（"Meditations in an Emergency"）」（一九五四）のなかで、田園ではなくあくまで都会、それもニューヨークという至高の都会への愛を語るとき、少し異なる面が垣間見られる――

One need never leave the confines of New York to get all the greenery one wishes—I can't even enjoy a blade of grass unless I know there's a subway handy, or a record store or some other sign that people do not totally *regret* life.

(CP 197)

緑を満喫したいなどといってニューヨークという閉鎖空間を出ていく必要などない——手近に地下鉄か、レコード屋か、その他の印、つまり人生をどこまでも後悔しなくてもいいとわかるものがないならば、ぼくは葉っぱ一枚でさえ楽しめない。

まわりくどい言い回しには、生への意外なほど覚めた、ニヒルでさえある見方もうかがえて、熱狂的で浮わついた詩人とは言いきれないことに気づかされる。本書は、この詩人のそんな隠れた面も詩のなかに探り、それをとおして時代の形も照射したつもりである。

とはいえ、本書であつかった詩は、オハラ作品のほんの一部でしかない——氷山の一角と呼ぶのさえ気が引けるほどに。そもそも全詩集が四九一頁あるうえ、初期および未刊詩篇が一四六頁、さらに拾遺詩篇（*Poems Retrieved*）も二四三頁を数える。しかも、本人が書いたままうっちゃり、陽の目を見なかった詩もおびただしい数にのぼるはずで、数千の詩が書かれた可能性がある。それゆえ、本書での詩の取り上げ方は恣意的との誹りをまぬかれないかもしれない（罪滅ぼしのために触れずじまいの重要作品からいくつか、付録として訳出した）。

本書を書いた経緯も記しておきたい。一九八九年にオハラの友でありライヴァルでもあったジョン・アッシュベリー（昨年九月に急逝）が来日し、個人的にも知り合う機会を得て以来、ニューヨーク派という第二次世界大戦後に台頭した詩人グループに本格的に興味をもちはじめた。それは、一九九三年に大岡信氏との共訳で『ジョン・アッシュベリー詩集』（思潮社）、そして二〇〇五年に研究書『ジョン・アッシュベリー――「可能性への賛歌」の詩』（研究社）という形にすることができた。だが、ニューヨーク派に属してアッシュベリーとも多くを共有し、それでいて大いに詩風を異にするオハラのことも気にかかっていて、こちらも形にしたいというのが長年の懸案であった。この異能の詩人が日本ではほとんど紹介されていないことへの歯がゆさも、この作業を押し進める力になったかもしれない。本国アメリカではいまだに評価が高く、研究書も地道ながら出版が続き、さらには若者の間にも根強い人気を誇っている。

また、これは、二〇一四年に勤務先の上智大学から一年間の研究休暇を許され、その間に集中的に研究した成果でもある。特に、同年八月から翌年一月までニューヨークに滞在し、ニューヨーク市立大学（City University of New York Graduate Center）に客員研究員として所属し、マンハッタンの、それもオハラの勤めていたＭｏＭＡ（近代美術館）からほど遠からぬ場所の空気を吸いながら構想を練ることができた。また、ＭｏＭＡの資料室にも数回足を運び、アーカイヴのなかの「オハラ・ペーパーズ」に目を通す機会にも恵まれた。

各章の初出は次の通りである。

序　書き下ろし
第一章　「サーディンとオレンジ――抽象表現主義絵画がフランク・オハラに与えた影響」、『英文学と英語学』（上智大学英文学科紀要）、五二号、二〇一六。
第二章　「冷戦とアメリカの詩――フランク・オハラの政治性について」、*The Journal of American and Canadian Studies*（上智大学アメリカ・カナダ研究所ジャーナル）三四号、二〇一六。
第三章　「"More direct, more immediate, more physical"――音楽がフランク・オハラに与えた影響」、『英文学と英語学』（上智大学英文学科紀要）、五三号、二〇一七。
第四章　「"A Step Away"――Frank O'Hara の詩における personality」、『英文學研究　支部統合号』（日本英文学会）、十号、二〇一八。
エピローグ　書き下ろし

いずれも大幅な加筆修正をほどこしてある。

本書の出版にあたり、上智大学文学部二〇一八年度個人研究成果発信奨励費を受けることができた。上智大学および、選考に携わった文学部長の服部隆先生と秘書の吉田美江さんに感謝の意を表したい。また、前述のように二〇一四年度に一年間のサバティカルを許してくれた上智大学文学部英文学科の同僚にもお礼を申しのべる。そして、客員研究員としての受け入れにご尽力いただいたニューヨーク市立大学大学院センターの当時の学科長マリオ・ディガンギ教授、メール一本で閲覧を許可してくれたMoMAの「アーカイヴス」のスタッフ、三章の元になる論文を読んで感想を寄せられた京都市立芸術大学音楽学部教授の柿沼敏江先生、二章と四章の元になる応募論文を査読して貴重な意見をくださった査読委員、オハラの詩についての質問に粘り強く答えてくれた同僚のブライアン・ロック助教、といった方々にも大いに助けられた。さらに版元である水声社にご紹介くださった上智大学文学部フランス文学科の永井敦子先生、そして編集を担当して全体の構成をしっかり作っていただいた水声社の廣瀬覚氏には大変お世話になり、感謝の言葉もない。最後になるが、いつも支えてくれる妻の恵にも多謝。

二〇一八年秋

筆者

著者について——

飯野友幸（いいのともゆき）　一九五五年、東京に生まれる。上智大学大学院博士後期課程満期退学。博士（文学）。アメリカ文学専攻。現在、上智大学教授。主な著書に、『ジョン・アッシュベリー——「可能性への賛歌」の詩』（研究社、二〇〇五）、主な訳書に、『ジョン・アッシュベリー詩集』（共訳、思潮社、一九九三）、ウォルト・ホイットマン『おれにはアメリカの歌声が聴こえる——草の葉（抄）』（光文社、二〇〇七）などがある。

装幀——宗利淳一

フランク・オハラ——冷戦初期の詩人の芸術

二〇一八年一二月二五日第一版第一刷印刷　二〇一九年一月一五日第一版第一刷発行

著者——飯野友幸

発行者——鈴木宏

発行所——株式会社水声社

東京都文京区小石川二—七—五　郵便番号一一二—〇〇〇二

電話〇三—三八一八—六〇四〇　FAX〇三—三八一八—二四三七

［編集部］横浜市港北区新吉田東一—七七—一七　郵便番号二二三—〇〇五八

電話〇四五—七一七—五三五六　FAX〇四五—七一七—五三五七

郵便振替〇〇一八〇—四—六五四一〇〇

URL : http://www.suiseisha.net

印刷・製本——ディグ

ISBN978-4-8010-0386-6

水声文庫［価格税別］

［批評］

宮澤賢治の「序」を読む　淺沼圭司　二八〇〇円
『悪の華』を読む　安藤元雄　二八〇〇円
ロラン・バルト　桑田光平　二五〇〇円
小説の楽しみ　小島信夫　一五〇〇円
書簡文学論　小島信夫　一八〇〇円
演劇の一場面　小島信夫　二〇〇〇円
零度のシュルレアリスム　齊藤哲也　二五〇〇円
マラルメの〈書物〉　清水徹　二〇〇〇円
戦後文学の旗手中村真一郎　鈴木貞美　二五〇〇円
サイボーグ・エシックス　高橋透　二〇〇〇円
(不)可視の監獄　多木陽介　四〇〇〇円
魔術的リアリズム　寺尾隆吉　二五〇〇円
未完の小島信夫　中村邦生・千石英世　二五〇〇円
オルフェウス的主題　野村喜和夫　二八〇〇円
越境する小説文体　橋本陽介　三五〇〇円
ナラトロジー入門　橋本陽介　二八〇〇円
カズオ・イシグロ　平井杏子　二五〇〇円
カズオ・イシグロの世界　平井杏子・小池昌代・阿部公彦・中川僚子・遠藤不比人・新井潤美他　二〇〇〇円
カズオ・イシグロ『わたしを離さないで』を読む　田尻芳樹・三村尚央　三〇〇〇円
「日本」の起源　福田拓也　二五〇〇円
太宰治『人間失格』を読み直す　松本和也　二五〇〇円
現代女性作家論　松本和也　二八〇〇円
川上弘美を読む　松本和也　二八〇〇円
ジョイスとめぐるオペラ劇場　宮田恭子　四〇〇〇円
魂のたそがれ　湯沢英彦　三二〇〇円
金井美恵子の想像的世界　芳川泰久　二八〇〇円